文芸社セレクション

辛気くさい恋はお好きですか

佐々木 和樹

SASAKI Kazuki

文芸社

一

十一月朔日、季節は行きつ戻りつしながら進んでいくが、今朝は秋を飛ばして冬の冷え込みが突然やって来た。それでもいつもより低い気温に、彼は暖かい布団の中で極楽を決め込んだ。つまり会社をずる休みしてしまったのだ。だが陽が昇り暖かくなり始めるとずる休みを後悔した。余りにも優柔不断過ぎて、人生を甘く見過ぎている訳でもないが、彼は彼なりに仕事はキチッとやる。言い換えれば暇な時は今朝のように「まあええか」となる。裏を返せばどうしょうもない男だけに、若い彼の青春は春より夕闇が待っているのは確かだろう。だけど人は元来は怠慢な生き物なのだと理屈を付けて眠りを貪る。これではどうもがいても理想の人を見つけても追えるはずがない。だが彼の恋は純粋で純情だけが取り柄で、世間に何とか縋り付いて生きている。

今年は毎日が秋の長雨で鬱陶《うっとう》しい日々が続いた。そこへ停滞する雨雲を追っ払うように先日の台風がすっかりと秋を運び去った。それでもまだ冬には早過ぎて時間が経てば、日差しも伸びて暖かさを通り越して上着も要らなく歩くには丁度良い。此の天候に誘われて今日は久し振りの平日をノンビリと市内に出た。

予定しないで訪れた休日ほど愉しいもんだ。しかも平日は彼の住むアパートもそうだが、町中で出くわすのは老人と主婦業とおぼしき非生産性の人々ばかりだ。だから十分に外見を観察していても特に目くじらを立てる人もいない。この穏やかな感触に飽きてくると「日曜日は若者で溢れているのに何だこの町は」と逆に淋しすぎると、叫んでみても周囲には彼と同じ若者がいないのに変わりはない。

そこで同じなら今日は神社仏閣を巡ってみるか、山はともかく平地では紅葉にはまだ早い。しかし此処にいつまでも何の考えもない子供の心理でじっとしていられず、彼は北白川へ行くバスに乗った。

走り出したバスは爽快に町並みを掻き分けて進み出すと、今まで感じなかった疲労が足からぞっと湧きだしてきた。此の疲労感に安らぎを与える座席がなんと心地良い。降りるのが辛くなる心地良さだ。しかし終点まで行けば帰りが大変だ。バスが進めば進むほど疲れが癒やされる心地良さに、反比例するように帰りを考えると精神が病んでくる。早く降りないと思えども、矢張り歩くのは嫌だという心の叫びと闘いながらも、曼殊院道を知らせる案内音声で別のモードにスイッチが入ってしまった。彼はそこで反射的にバスから飛び降りた。

観光シーズンにはまだ早い、しかも平日の午後に此処で降りたのは彼一人だけだ。降りて曼殊院に向かって歩き始めると次第に道幅は狭くなり、幾つかの角を曲がりきると、ほぼ直線の緩やかな昇り坂が寺院まで続いていた。僅かでも色づき始めている木々の葉を探すがまだ見つけられない。道は盛り土の上に石垣と白い土塀で出来た壁に突き当たる。そこには柵がされた勅使門が在り、白い土塀に沿って左へ曲がり次の角を曲がると直ぐに見えた石段を上った先に通用門があった。

そこで受付を済ませて暗い部屋の庫裡を抜けると、虎の間、竹の間、孔雀の間と続き、渡り廊下の向こうが大書院になっている。大書院に面して枯山水の庭が奥の小書院まで続いている。その大書院の前には上に伸びずに横に伸びた松は、這《は》う臥龍《がりゅう》をイメージして居る。それは天地に逆巻く力を持ちながらもじっと地に伏す、眠れぬ虎ならぬ眠れる龍の如く、何《いず》れ昇天する時を待つ姿だ。そこにたむろする参拝客は老夫婦と若い女性の三人だけだった。

女性はジャケットにジーンズ姿だが、その険のありそうな眼差しを庭の臥龍に投げかけている。それでも彼はその中間、どちらかというと若い女性の傍へ腰を下ろした。着座したのが一つの合図のように、若い女性は庭から彼の方へ目を寄せた。彼は観賞の邪魔をしたかと思い、咄嗟に「これって臥龍《がりゅう》の松って言うんですね」と訊かれもしないのに勝手に説明した。松は中国の龍舞のように横に伸び、太い幹の所々には、丁度龍舞の持ち手のように、丁字形の突っ支い棒が立っている。

じっくりと見比べた彼女は「なるほどあなたの言う通りね」と一瞬にして彼女は険の有る顔は崩れて、その切れ長の目が笑って弓形になると、更に一層と瞳が幽《かす》かに揺れて輝いた。この不思議な面持ちの一連の動作に品の良さが漂っていた。それが古風までに整った目鼻立ちと相まって美しさを際立てさせている。

「どうやったら松の木をこんな形に寝かせて成長させるんでしょうね？」

と彼女がちょっと戯《おど》けたような仕草を加えて聞かれると、彼は舞い上がった。

「四角い竹の場合は竹の子の段階で四角い枠にはめて成長させるから、この松も苗木の段階から当て木をして曲げさせたんじゃないかなぁ？」

「あらそうなの随分と物知りなのねぇ」

本当にそうなのかしらと言う、意地悪そうな目つきに彼は慌てた。

「これは確たるものではなく、あくまでも自分の推論を言ったまでですから事実と異なるかも知れませんから……」

「謙虚な方なんですのね、生き方としては立派ですけれど、でもそれって保身的でよくないわよ。ご自分の主張にはもっと自信を持たないと世間から負かされますよ」

大きなお世話だと思う反面、この女は何者だ。ほんのついさっき言葉を交わしただけなのに、もうずっと以前からの知り合いのような、言い換えれば馴れ馴れしい態度はなんだろう。

先程から彼女はこの庭に想いを集中させていたのに、彼の一声でこんなにも距離を縮めてくれた。そしてふと見せるこの愛くるしい表情は何なのだろう。だがそれを考えさせないほど彼女の弾むテンポの話術に引き摺られてしまった。

二

「あらあたし何か余計な事を言ってしまったかしら」

と少し空いた時間を埋めるように、彼女はまたいつもの癖なのか、ちょっと説教じみた事を言ってしまったと笑って誤魔化された。

「いや別に、まともな事を言ってもらっただけですから」

「さっきも言ったでしょう。変なところで妥協しちゃあダメでしょう。それに他の事を気にしちゃだめよ、小さく纏まっちゃだめ、それこそ世間から流されますよ」

さっきの誤魔化し笑いの自己反省も何のその。隙を見せるとどんどん突いてくる人だ。

「この庭とぼくへのお節介な干渉とどちらが今日の趣旨なんですか」

と一体この人は何しにこの庭を観賞しに来たのだろう。

「そう言ってしまえば身も蓋もないでしょう。それともあたしのお説教がお気に召しません？　あたしと話しているのがお嫌いなんですか、それならそうとおっしゃればいつでも退散しますわよ」

「今更それはないでしょう」

「あなたはどっちなんですか、ハッキリおっしゃい」

彼女は時々喋り方が姐御調になる、その変化が絶妙で頼もしい。どうやら隣の老夫婦も庭よりこっちの方が面白いのか時々耳を傾けている。

「なかなか粋なお嬢さんですね」

そこへ隣の老夫婦が堪り兼ねたように突然割り込んできた。それで初めて彼女は女学生のような気恥ずかしい素振りを見せた。その表情に、エッと思わずこの子は幾つなんだと魅せられたが、それは一瞬の虹のように掻き消された。

「急に割り込むなんて失礼な方！　それにビックリしたわ」

一瞬受け身になった彼女だがその反撃の素早さに度肝を抜かれた。

「いやー、これは驚かせて申し訳ありませんなぁ、私どもはこの近辺で『曼珠沙華』と言う喫茶店をやってる者です」

「マンジュシャゲ、ですか」

「そうですけれど彼岸花とも言いますが」

「ヒガンバナ」

「サンスクリット語で天界に咲く花って言う意味で、仏教の経典から来てるそうですよ」

と夫が説明すると、天竺《てんじく》ではこの花が咲くと何でもおめでたい兆し、兆候が起こるらしい、と更に妻が補足した。

「まあッ、そんな処から出典されてるの、でしたら淹れ立ての珈琲にも何だか香り高い匂いが漂ってきそうで珈琲店に相応しいお名前ですね」

と彼女はその場を臨機応変にガラッと変えてしまう。彼はこれが彼女の天性の素質ならば益々気になる存在になる。隣でスッカリ落ち着いて聞いていた老夫婦は、案の定に気を良くして割り込んだようだ。人生の大半を二人で乗り切ったこの熟練の老夫婦には、目の前で繰り広げられる男女の危なっかしい成り行きには、少なからず高い関心を払っていたようだ。

「でも日本では田んぼのあぜ道の地味な場所に咲いていますから、実に妖艶に見えても見方に依っては哀しい花なんですのよ。なんせ根に持つ毒を知ると少し身を引いて見るからそれで寂しく映るのかしら」

と言われて対応する彼女の微笑ましい表情とは対照的に、この花は妖艶な美しさを地上には咲かせていても、見えない土の中に秘めてる物で忌み嫌われると、老婦人は寂しそうな表情を湛えた。

「先程から耳に入るものですから、この庭の余興の様に聴いてしまいました。失礼しました。私共はバイトの子に店を任せて抜けてきましたのでごゆっくり」

老夫婦は気晴らしにここへ来るらしく、そう長居は出来ないように、適当な時間を見計らって暇乞いをするようだ。退席した老夫婦を彼女は暫くその後ろ姿を見送った。

「感じの良い夫婦ですね。人生をあそこまで一緒に寄り添えれば羨ましいなぁ」

「そうかしら、さっきまで二人揃って黙って聞いていたなんて悪趣味だわ」

彼女の意外な答えに驚いた。しかし根に持っていないのは顔を見れば分かる。それほど言葉とは裏腹な豊かな表情を駆使されれば、相手は肘鉄を食らわなくても諦めさせられると思えるほどだ。それを言うと彼女は悪趣味なのはあなたの方だったのねと笑った。彼女の意外な言葉に接しても、その表情からは悪意がないと直ぐに酌み取れる。此の不思議な魅力は彼女が持って生まれたものかも知れないと想わせる何かを醸し出していた。

「それはないだろう。少なくともあの夫婦は時々我々を視野の片端に捉えていたのは気付いていたよ。そこでおそらく話に加わりたい切っ掛けを覗っていたんだと思うよ」

と言いながらも「でも本当は悪趣味だとは思ってないでしょう」と彼女の真意に迫ると。

「アラ解っちゃったの。ノンビリしてる割には鋭いものが有るのね、あなたって言う人は」

と言われてしまった。ここまで言われると無性に彼女の名前が知りたくなった。

「それにさっきのあなたの、いや失礼、あのう名前なんて言うんです？　僕は鹿能《かのう》って言いますけどあなたは？」

何でこんなタイミングなのって顔をされたが、ちょっと気を持ち直して、まあ良いかって思えるように微笑むと、彼女も合わせて名乗った。

「波多野《はたの》です。それよりさっき言いかけたのが気になっちゃってるんですけど」

「さっきの波多野さんの表情が、いえ仕草が余りにも少女っぽかったので驚きました」

「失礼ね、それじゃあそれまでは、わたしそんなに老けて見えまして！」

物言いは穏やかじゃあないが目許は笑っている。そこがこの人の魅力なんだろう。

「いや二十代に見えますけど十代って事はないでしょう」

「当たり前ですッ、そんな子供に見られるなんて」

「そんな滅相もない、でも、まさか年上って事はないでしょうね」

「鹿能さん、妙齢の女性に歳を訊くもんじゃありません」

「妙齢ねー」

「何が可笑しいんです、それに何よ、その物言いは何ですか、あたしが歳を誤魔化してるとでも思ってるの」

「というかまだ訊いてませんが」

「あら、そうだったっけ」

としらばっくれてと彼は目を細めたが、とうとう歳は訊けなかった。

三

翌日は暖かな陽射しに助けられて眼を覚ました鹿能は、心地よい陽射しに釣られて予定通りアパートを出た。いつもよりなぜか気分が良く、東大路通を下るバスで、二十分以内に着く小野寺園芸店に出社した。

小野寺園芸店社長の小野寺《おのでら》は四十代後半で今が丁度脂の乗り切った時期である。小野寺は冠婚葬祭その他の催し物に生花を提供している。大抵の従業員は生花をアート感覚で作れる。従業員はバイトも入れて十名ほどで正社員は五名いる。社長が社員にと声掛けをしても不定期のバイトに拘る者もいる。鹿能もそれに近いが、矢張り月極めに纏まって入る金の魅力には勝てず正社員で出勤している。

店は大通りに面して構えているので、遠目からでも目立つから通りすがりの客も良く来てくれる。出社すると当然店内はまだ客がいないのに賑わって、朝から献花作りに繁盛している。

「おはようございます、今日は朝からえらい大量の献花作りですか」

と鹿能はタイムカードもそこそこに慌てて花作りの中に飛び込んだ。

「おッはよう、昨日《きのう》はなんやずる休みか」

と手を休めずに社長は笑っている。

「いや、その、まあしんどかったんです」

「まあええが、今日はある会社の会長はんが亡くなってなぁ、家族だけで密葬しゃあはるその飾り付けと献花を内が頼まれて朝から急に嬉しい悲鳴をあげてんにゃ」

何でも夕べ遅く入浴中に倒れて深夜には死亡したらしい。死因は脳溢血か、くも膜下出血からしい。直ぐに以前その家に出入りしていた庭師の白井《しらい》に会長を飾る花の依頼が来た。

白井さんは腰を痛めてそれに歳には勝てんと、高い木や塀には登れんようになった処を小野寺が面倒を見ている。もっとも白井さんはこの業界では顔の利く利根《とね》さんからの伝を頼って小野寺の店へ来た。それが今回は大当たりしたと言うことだろう。まあ鹿能が出勤早々に掴んだ情報はこんな処で、詳しく聞く間もなく注文の花作りに追われている。よく見れば事務方の明美《あけみ》まで花を切り揃えていた。

「鹿能さん今日休んだらとっちめなあかんなぁって言うてたとこやぁ」

明美は余分な葉を落としながら言った。

「そやで、こんな日に休んだら役立たずってどやされるで」

と三山《みやま》は注文を受けた献花を既に軽トラに積み込んでいる。どうやら今朝作ったらしい。

「白井はんはこの世界では古株や、それで深夜に昔世話になった家から急に話が来たんや、それがいろは商事会社の会長さんと聞いてなあ、それを内に指名してきたんや。白井はんも大したもんやで」

と社長は白井の肩を福の神と思って気持ち良く叩いていた。

「わしはあの会社の利根さんとは日頃から懇意にしててなぁ。そこで、その利根さんがあんたがそこそこ名の通った庭師やと知って、それで日付が変わる頃に白井さんを知らんかと言う電話を利根さんがくれたんや、それがきちっとした葬儀は日を改めてするさかい取り敢えず密葬して送ってあげなあかんとなって、会長はんの野辺送りの花飾りを白井はんに任せたいと、園芸協会の事務方の利根さんからわしは連絡を受けて直ぐ夜中に白井はんを呼び出したちゅうわけや」

　頷きながら肩を叩かれた白井は手を休めずに聞いている。社長と白井の会話を鹿能は聞き流していたが、その商事会社の会長の死と今日の仕事の忙しさがどう繋がってるのか妙に気になった。

「白井さん、いろは商事ってどんな会社なん？」

「今時の若い者は知らんやろうなあ。商事会社いうたら大量の品もんを扱う仕事やさかいわいら庶民には馴染みがないわなぁ」

「鹿能、喋るのはええけど献花作りの手を止めるなよ」

社長は喋りながらも寸分狂わず丁度良い段差に花を揃えている。

高すぎず低すぎず、しかもメーンの花を引き立つ様に脇に地味な花を無意識に近い状態で束ねていた。何も考えてない様でも社長の手は自然に動く、これには鹿能も脱帽した。

「鹿能、お前もう花作りはええさかい白井はんと一緒に行ってこい。三山と西野で花作っとくさかい」

「そやけどこっちにも人手いるのんちゃうでしょうか」

「取り敢えず今朝の注文はここまでやが、会長の悲報でこの先増えると思うが鹿能、お前は今日は搬入を手伝え」

社長にそう言われて鹿能は店を出た。こういう時は前の会社では配送をして慣らした鹿能は重宝される。

　飾り花を積み終わった軽トラックには、鹿能と白井が乗り込んで店を出た。軽トラのハンドルを握る鹿能は、そんな会社の会長がなぜ人知れず密葬で送ってあげるのか、よくよく聞くと葬儀社で葬式を公に行うのを望んでいない事も解った。

「白井さん、そのいろは商事って云う会社の会長はなんで身内だけの葬式に拘るんですか、普通なら直ぐに大寺院を借り切って社葬にしゃあはるのじゃないんですか？」

「お前は会長の人となりを知らんさかいや」

「そんな古い伝記やニュースになってない人なんて知る訳ないでしょう」

「今の若いもんは表に出へん業界なんて知ろうとせえへんわなぁ。そんなことでどないして起業家になれるんや、お前以外もそうやが、今日が面白かったらええっちゅう連中ばっかりやさかい小野寺はん嘆いてはるでぇー」

「社長いつもバカッ話だけしか喋らへんけど」

「小野寺はんはあれでいて若い頃は生け花の新たな流派を挙げようとした事もあったんやで」

　そういえば社長の花を生かす造形にはセンスがあった。

「そしたら何で弟子を取って流派の名を挙げはらへんかったんやろ」

「さあそれは本人に訊かなあ判らんが、実のない名取りよりこっちの方が性におおてるやろう」

社長の性格からしたらそれは理に適《かな》っていた。

四

いろは商事会長の自宅は白井しか知らないから、鹿能は彼の指示で軽トラックを東大路通から北へ向かって走らせ、途中から更に白川通に変更して北へ進む。これは昨日、鹿能が乗ったバス路線と同じ道で、結局は曼殊院近くまで来てしまった。

自宅に到着すると既に納棺された会長の遺体は、入り口から三部屋の襖が外された奥の居間にある。棺はそのまま簡素な台に白い布が敷かれた祭壇の前に安置されていた。付き添った五人の遺族はそのまま会長を囲むように控えていたが、花を飾るのに邪魔になると奥へ引っ込んだ。そこに店で作成した花飾りを手際良く配置して献花も両脇に飾られてゆく。

一段落して全体の飾り付けをチェックしている頃に、やって来た喪服の若い女性が鹿能に声を掛けた。いろは商事には何の縁もない、ましてや初めて訪れた家で、エッと鹿能は驚いて呼ばれた方へ振り向いた。そこに居たのは昨日会った女性だ。昨日はジーンズにジャケット姿だからそれが喪服とはいえ、和服をそれもその着熟《きこな》しが様になり、しかも肩まで有った髪をきちっとアップにして纏め上げている。昨日の今日でよく美容院へ行く時間が有ったなあと思わせる。

「やっぱり鹿能さんね。まさかと思ってお声を掛けたけど、どうして此処にいるんです」

そこで「きみこさんー、お花はみんな揃っているかしら」と奥から呼ばれて、彼女がハーイと返事して彼女の名前が判った。

「きみこさんって言うんですか、今日呼ばれた花屋で、この家の花飾りをしているんです」

「そう、希未子《きみこ》ですけど、ずるいでしょう、鹿能さんはなんて言うお名前なの」

「アッ、これは失礼、鹿能光輝《かのうみつてる》でひかりかがやくです」

「ヒカリカガヤク」

「いえ、みつてるです、それで、希未子さん、あなたこそ故人とはどういう関係の親戚なんですか」

「みつてるさんですか、そうなの、それで光輝さんの質問の答えですが、亡くなったのはあたしの祖父です」

　とさも慇懃に答えた。

「ええ！　今日の通夜はハ、タ、ノ家、そういえば波多野さんですね」

　希未子は吹き出した。

「鹿能さん、あなた、まさか誰の葬式かも知らずにやって来てるんじゃないでしょうね」

　そう言われると身も蓋もない。スッカリ先程まで忘れていた。これで第一印象を悪くしたかと焦っても、既に昨日から見ての通りで、少なくとも悪い印象は無いはずだ。それに今の笑顔から少なからず好印象を持たれたようだ。

「いろは商事の会長が波多野さんなんですか。じゃああなたはそこのお嬢さん」

「失礼ね、そんな歳に見えますか」

　ちょっと怒って見せたが目は笑っていた。

「そうでしたねぇ。亡くなられた会長のお歳からすると……」

　希未子は今更何を考えるか、と今度は呆れ気味に鹿能を見た。

「まあ、いい加減にもほどがあるでしょう、さっき祖父と言ったでしょう。孫ですッ」

「ああそうでしたね、そういえば昨日はどことなく品があると思ってました」

「もう遅い、急に取って付けた様に無理しなくてもいいんですよ」

丁度そこへ奥から出てきたお母さんらしき人が、お花はスッカリ揃ったようね、と確認すると、流石は白井さんね、あの人に任せておけば安心だわね、と言いながらまた奥に引っ込んだ。枕経は既に早朝から菩提寺の住職に来てもらい上げてもらっている。

「おじいちゃんはバタバタされるのが嫌いだから飾り付けが終わればそっとしときましょう」

と此処は人の出入りが多くて目障りだからと、希未子は屋外へ鹿能を案内しようとした。しかし一段落したとはいえ鹿能には白井さんを残しておけない。それを言うと、あのおじいさんなら奥で家の者に捕まって昔話に花を咲かせて食事を呼ばれているらしい。

そこで希未子さんは、奥の人には飾り付けの花について、連れの花屋さんに注文があるから、と了解を取って鹿能を外へ食事に連れ出した。希未子さんはどうやら此処ではかなり任されているらしい。

波多野の家は、白川通から奥へ入った所にある。そこは車が十分に対面通行が出来る区画整理された整った道路が縦横に通り、そこに百坪を超える家が整然と立ち並んでいる。この風情には心に潤うものがあり、それ相応のゆとりが持てそうな気分にさせてくれる。そんな高級住宅街を歩いていても、彼女が普通に見えるのは、既にその気心が身に付いているのだろう。

誘われなければどうせお昼はこの辺りで食べるのでしょう、と希未子に言われて白川通のレストランへ入った。

いつもは高くても千円以下五百円当たりの定食で済ましている鹿能にすれば、ここは最低でも千五百円それ以下は見つかりそうもない。そんなメニューと睨めっこすれば、ここは安くて美味しいわよと、彼女は鹿能が食べるいつもより倍はする料理を注文する。これなら白井さんと一緒にあの家で食事を呼ばれていれば、一回分浮いたとケチな後悔をしながら鹿能は一番安いのを頼む。

具の少ないパスタを注文する鹿能を見て、懐《ふところ》具合《ぐあい》の良くないのを察したらしいがわざと、

「余りお腹は減ってないのね」

とそのいたずらっぽい眼差しを見せながらも、普段の昼食より予算外らしい鹿能を見て「仕事中だったのに無理させたようね」と労《ねぎら》いの気遣いを見せてくれた。

仕事の延長で軽蔑な眼差しを浴びせられれば、たまったもんではないが、彼女のこの配慮はうれしい。デートなら惜しまずに見栄を張った物を注文するが、仕事で来ている以上は、毎日の昼食に上限を設けるのは普通で、この場合もそれに準じた対処だが、それでも普段の倍以上は日々の生活に堪える。

五

事前に何の前触れもなく食事に誘われたのだから、これぐらいの金額なら当然に割り勘なんてけち臭い事は言わない。なんせこれ程の女性から誘われれば、ここはもう清水の舞台だろうがスカイツリーだろうが、飛び降りるつもりで彼女の昼食分も払う一大決心の覚悟を鹿能は決めた。そうすると気持ちは幾分と楽になり、これから彼女とも会話を弾ませようと身構える。しかし誘った彼女はそんな鹿能の期待とは裏腹に、ゴタゴタしている家の内情を言われた。

ハア？　と気落ちしながらも仕事仕事と割り切り、悟られないように気を張り詰めていなければならない処が今の彼には一番辛い。

この場で急にゴタゴタしていると言われても、幾ら身内の密葬でもまだ家の者は数人しか見掛けていない。それを言うと、今朝早くおじいさまの納棺まえに主立った身内が挨拶に来て、あとは夕方の通夜まで顔を見せないらしい。どうやら二十人近くが先程まで押しかけて、丁度鹿能が花を届けに来た頃には、皆は潮が引くように引き上げた後らしい。

「今は家にはあたしの両親とおばあちゃんと賄いの家政婦さんとあたしを入れて五人しかいないのよ」

「それで全員ですか」

「兄が居るけれど、今朝は会社へ出て後は弟が一人だけどこれが今、金沢の大学へ行っているのよ」

なんで金沢なのか、それは住みやすいから決めたらしい。兄は来月ホテルで結婚するが祖父が亡くなっても式は延期しないらしい。

「それって差し支えないんですか」

そういう問題ではないらしい。どうやら兄は大学を出ると暫くは外国で暮らしていたらしい。らしいと言うことは、キチッとした仕事には就かず世界中を放浪していたようだ。祖父の話では兄は金がなくなると旅先から金の無心をする。それがエジプトだったり南米だったりの神出鬼没にして、やっと一年前に帰ってきた。そこで祖父は「勝手に行動すれば以後の資金援助は一切しない」と有無も言わさず直ぐに良家のお嬢さんと見合いを決められた。兵糧を断たれた兄はそれで覚悟してこの縁談を決めた。その挙式が来月に迫っている。

「その祖父が今回は亡くなられたんですね、それでも式を挙げられるんですか」

それも祖父の遺言らしい。そんな遺言って有るんですかと聞くと。どうも型破りな祖父らしい。兄はそれに輪を掛けたような人だから、花嫁に逃げられない限りは絶対に実行する。それよりこれからが大事な話になるからよ〜く聞いて欲しいと頼まれた。

私で良ければお聞きしますがと言えば、あなただから話したい。とこれまた実にもったいぶって、何処まで真剣なのか気晴らしなのか、鹿能にすれば判断が付かなかった。

どうやら話は希未子さんの縁談らしい。それを知って鹿能が相当気落ちした事は想像に難くない。もうそれだけでこの場に居る価値は皆無と言っても過言ではない。

社内では希未子さんのお相手として有望視されているのは片瀬井津治《かたせいつじ》と言う人物だ。みんなこの話には乗り気でいるらしいが、当の希未子さん一人が不満らしい、と解ると鹿能の気分はまた復活して次の言葉にも力が入る。

「何が気に入らないんですか」

どうも皆が勝手に決めているところが不満らしい。それならやめればと言うが。それがどうもそうはいかないらしい。

「そんなに難しい話ではないでしょう」

そう気安く言われると、彼女は「あなたも皆と一緒なの」と益々意固地になってくる。これはどうすれば彼女の気持ちがほぐれるのか思案のしどころになってしまった。

最初は片瀬も婿養子候補であって、まだ親族ではないから祖父の会社の仕事で海外に居て商談を進めていた。処が父親はその張本人に祖父の死亡を知らせるらしい。親戚でもない彼をどうしても家族が招いているのが希未子にはまた癪に障るらしい。

「それで間に合うんですか」

「多分間に合わないでしょう」

と希未子はアッサリと否定する。それは兄からやっと本人と連絡が付いたと知らせてきたからだ。父から委託された兄にすれば間に合わなくても良いらしい。と謂うのも既に祖父は亡くなっているから、祖父の考えだけを本人に伝えるだけだ。葬儀そのものには妹の花婿候補の一人に過ぎない以上は、参加には大した意義はない。片瀬は婚約者でもなんでもない、ただ親族から好感をもたれているだけだ。それでもこのまま何も連絡しないわけにはいかないから、一応は後々を考えてそう言う形を取っただけだろうと希未子は結論づけている。

「じゃあ別に波多野さんご自身で、ハッキリと片瀬さんとは皆さんで勝手に決めているだけであたしの本心じゃ有りません、とハッキリこの葬儀の場を借りて宣言すれば良いんじゃないですか」

「そこまで言い切れるほど敵愾心《てきがいしん》のある人でもないのよ」

「そんな仇討ちでも有るまいし、大層なものでしょうか」

ただ付かず離れず、ある一定の距離を保っているのはその辺りに理由《わけ》があるらしいが、鹿能にすれば、どやっちゅうねんと言いたい。

彼は商社マンとしては一流過ぎても人間味が乏しい。しかしある程度の思いやりはあるが細《ささ》やかなヒューマンエラーすらない。少しドジをしでかす方が面白いとは思うが、勿論それは社会生活からはみ出ない程度ですけれど。肝心なことは胸に秘めながらも時には、バッカーじゃないのと言って笑える人の方が、人生の深みが見えるから支えてあげたくなる。と鹿能の目を見ながら言われた。

六

これまでの話から彼女が誰か特定の人物を指して説明しているようだ。特に彼女が希望する相手の人間性については、それが自分だと解釈できるだけの根拠が今は乏しいが、彼女との円滑な付き合いを望む鹿能には、初めが肝心とここの食事代は持つ決意を秘めた。なーに金欠になれば社長から前借りしてでも格好をつけよう、と注文した料理を食べ始める。

昼食が終わりに近づくと彼女がいつ席を立つか、そのタイミングでテーブル席の端に置かれた伝票を取ろうと手持ち無沙汰で待ち構える。そこで彼女が口にしたのは「後は食後の珈琲ね、飲むでしょう」と言われた瞬間は全てのもくろみが狂って直ぐに立て直す必要に迫られる。

「ああ、良いですね、飲みましょう」

ともう少し話が続けられると謂う悦びからか、意識した懐事情とは正反対に同意して仕舞う。

こうなると何としても自分を売り込んで元を取らないと徒労に終わる。それだけはなんとしても避けたいと焦る一方で、先ずは今の状況を的確に知る必要から片瀬に付いて訊ねる。

「片瀬さんとはおじいさんの会社を通じて知り合ったんですか」

知り会ったのは丁度一年前になるようだ。それは世界中を放浪していたお兄さんと重なるように入社したらしい。それで祖父は二人を同じように社内教育をして外商について学ばせた。初めは国内での商取引を兄と一緒に付いて回らせ、いずれは海外経験のある父を助けるように片瀬を仕込んでいる内に、後継者を擁立する必要から先に兄の縁談を急がせた。そんな関係で祖父は片瀬も同じように我が家へ出入りさせた。

そこで希未子さんと接して親しくなり、祖父も後押しするようになった。どうも希未子さんに至っては、好奇心と興味半分に片瀬と付き合ったらしい。そのせいか家族が片瀬に好感を示すようになると、今度は逆に彼女の方で片瀬とは一定の距離を保ち始める。これを見た祖父は希未子が片瀬に物足りなさを感じたと思い、彼の地位を上げる為に大事な仕事に就かせる。即ちひと月前から片瀬は海外との取引を任されて初めて出張に出ている。

祖父に言わすと、片瀬を欧州に派遣して次第に大きな商談を任せて、早く役職者に育てたいらしい。そこで将来は兄と肩を並ばせたい思惑が見え隠れし始めた矢先だった。それほど祖父は片瀬を見込んでいた。

「その片瀬さんを急に呼び戻すんですか、それで商談には差し支えないんですか」

「ないことはないわよね」

片瀬の代わりに前任者を急遽派遣して、そのまま商談を続けるらしい。もちろん当社のイメージダウンは覚悟している。それほど祖父が死の際《きわ》に大事な要件を指示したらしい。その意図を今はお父さんと兄しか知らない。

「じゃあ片瀬さんは、帰ってくれれば先ずはおじいさんから聞いたものを伺うのが今回の趣旨なのですか、それが希未子さんとはどう関わっているんでしょうか？」

と取り敢えず鹿能は恐る恐る聞かざるを得ない。一体おじいさんは最後に何を片瀬に言うつもりだったのか誰もが気になるが、それでも希未子さんは至って気にする素振りが全く見受けられない。

「波多野さんは、おじいさんの言いたいことをある程度察しているんですか？」

と尋ねても動じない。

「そんなの神様じゃあないから解りっこないわよね」

とそれどころか居直ってしまい、のほほーんとしている処が怪しい。まさかそれを逆手に取って、今までの経緯を白紙撤回するつもりなのかと、問い合わせても彼女は曖昧にしか言わない。それどころかその時には、鹿能にも同席して欲しいと頼まれてしまった。これには鹿能も激しく動揺して尻込みする始末だ。

「わたしは今回初めてお目に掛かった一介《いっかい》の花屋に過ぎないのに、それはちょっと私には大役過ぎませんか」

と力不足だと暗に自重を促すが、彼女は全く意に介しない。それどころかあなたがこの場には一番の適任者だと疑わない。その理由を突き詰めると彼女は、この席には荒野に轍を求めるドン・キホーテ役が必要だと白状した。

なぜわざわざそんな人にそんな道を選ばせるのか、今の鹿能には解らない。更に解らないのは、それは誰がやるんですかだろう。

マジにこの質問をする鹿能を見て、希未子は吹き出さんばかりに笑った。

「あなたは今まで何を聞いていたのですか」

こうなると適当にはぐらかすしかないと。

「似た処でラ・マンチャの男ではダメですか」

と言った。

今度は彼女の方がハア？　と小首を傾げて、面白い事を言う人と笑ってしまう。

「もう、どっちでもあなたの好きにして下さい。祖父が片瀬に言い残した遺言を語る場は多分あの家になるでしょう」

「それは葬儀が終わった後ですか」

「さっきも言ったとおり間に合わないと謂うのが前提ですから、今夜は無理でしょう。明日は野辺送りですから暫くは落ち着くまで待ってからにします。その時はお呼びしますから是非来て下さい」

「何の関わりもない人が行ってもしゃあないでしょう」

「だからさっき言った通り、あなたのような人が必要なんです。演じて下さい」

その役者に成り切れと言うのか、でも彼女はお似合いだと指名している。

それで台本を訊くと、出たとこ勝負で、全てアドリブで頼まれた。

「ハア？　そんな無茶な」

いいえ、あなたが一番の適任者です。そう言うと彼女は鹿能より先に立ち上がり、テーブル席端の伝票を掴み取られてしまう。少し遅れた鹿能の顔を見て彼女は冷酷に笑った。その顔には、有無を言わせぬようにして鹿能を適任者にした決意が漲《みなぎ》ると、そのままレジへ向かう。鹿能は呆気に取られて後に従った。

七

鹿能は店に戻ると、社長から店の応接セットに座るなり、どやったと訊ねられる。

「向こうの娘さんから花の注文で食事に誘われたそうやなあ」

どうやら小野寺社長は事前に白井さんから情報を仕入れていたらしい。それをいつまでも公開しないのに業を煮やして問い詰められた。もちろん注文を取れれば真っ先に社長の耳に入れるがそんな話ではなかった。

何《なん》でやと言われても、そういう話は全くなかったのだ。それどころかあの家の内情を聞かされただけだと言っても聞き入れてもらえない。行ったその日にしかも仕事で会ってそれはないやろう、と社長に訊かれても隠しようもない。だが前日、既に偶然にもずる休みで訪れた寺院で遭遇した事実は益々言いにくくなって、また何処まで信用してもらえるかも解らない。そこで社長は白井さんにも同席させて詰め寄られる。

今から振り返ると、どうも白井さんが帰ってくるなり、社長にあの家の様子を細かく説明したらしい。それによると、白井さんが庭師を廃業したのは五年前で、それ以前はもう二十年近くあの家で庭木や敷地沿いの垣根など、一切の手入れを任されていた。それゆえにあの家の内情は希未子さんの生まれた頃から知っているらしい。

亡くなられた祖父の波多野総一《はたのそういち》さんがあの家を買った頃に、あの庭を構成したのが白井さんだ。それ以来の付き合いだから今の社長の総一郎《そういちろう》さんも、その三人の子供達も大きくなるまで庭の手入れには呼ばれて、家族構成はよく知っている。特に希未子さんは昔から気が強そうな子だった。その弟さんが、今は大学生に成られたが、中学生になられるまではお姉さんの希未子さんからよく泣かされていた。余り酷い時はお兄さんが止めに入るが、そのお兄さんでさえ負かす事さえあった。そんな光景を手入れする植木の上から白井はよく眺めていた。流石に下の弟さんが中学生になると、取っ組み合いの喧嘩は出来なくなるが、今度は口喧嘩ですから、でも根はないようだった。さっきまであんなに言い争っていたのが、二人一緒に縁側に座って仲良く西瓜を食べていたのを時々は想い出す。まあそれが今日会ってみると、あれほど勝ち気な娘さんが、いやにお淑《しと》やかになっていましたから、私が暇乞《いとまご》いをした五年で随分と変わるもんだ。二人の兄弟は昔のままなのに、希未子さんも矢張り女の人だから、それ相応の年頃になると世間体をわきまえたお嬢さんになられた。まあそんな話を今日お邪魔した波多野家で総一郎さんと祖母の君枝さんとで昔話に花を咲かせていた。

そうかそうかと社長も納得顔になってくる。

「処がそこなんですが、お嬢さんは、とんでもない天《あま》の邪鬼《じゃく》で、ほっといたら何をしでかすか解らない娘ですよと笑われました。じゃあ昔のままなんですか、と訊くと否定されました。それどころか実にしっかりとした世間体をわきまえて、それこそ何処へお見合いに出しても恥ずかしくないどころか、直ぐにあの器量でしたら縁談が纏《まと》まるでしょうけれど、と言われました」

その辺りから鹿能とは食い違う。

「娘はどうも一筋縄ではいかなくて、とてもじゃないが家庭にすんなり収まる娘じゃないんです。それも相手次第ですけれどね、ともお父さんは仰ってました」

家族の対応に困ってはそんなに違いのある、扱いにくい娘さんなのかと、小野寺は鹿能に訊いても、答えようがない。

「それは人を見る目が肥えている小野寺さんでさえコロッといかれますよ」

と白井が代弁する。

「それはどういうこっちゃ」

「あっしは子供の頃からあの男勝りのお嬢さんが、まだその名残が残る高校生までの希未子さんしか知りませんから。今日のおばあちゃんや総一郎さんの話には驚かされました。どうやら大学時代の先輩に片思いをしたらしいですよ。それから淑《しと》やかさが急に身に付いたらしい。矢張り恋はするもんですね、あの希未子さんがお嬢さんっぽくなるんですから」

「おい鹿能、今の白井さんの話を聞いてどう思う」

答えに窮すると、相手の奢《おご》りで誘われながら花の追加も取れんとは、難儀なやっちゃあなあーと言われる。

「まあそう言うことになってますけれど」

「なってますやないがなあ。その希未子さんってどんな人なんや。白井さんから聞けば訊くほど解らん女の人やなあ」

「そんなことないです、ハッキリ物事の分別の出来る人です」

益々解らん女やさかい、白井さんと次はわしも一緒に行くと言われた。

「あの軽トラでは二人しか乗れませんけど」

「あのハイルーフのワンボックス車があるやろう、あれ使え」

しかしこの日は、通夜に添える飾り花の注文はなかった。おそらく極、身近な人たちだけの密葬だから、供物や献花を辞退したと思われる。此処は実に難しい処だ。あの人が献花しているのに何で、となるから断ってるんだろう。この線引きは喪主にすれば頭を痛める。

「そんなもんでしょうか」

「世の中はそんなもんだ。それで成り立ってる。そやさかいいずれお前もそれが身に沁みる日が来るやろう」

「そんな世の中なんて御免被りたい」

「それじゃあ茨の道しか残ってないぞ、それでも行くか」

「荒野にしか俺の行く道は無いのか」

「鹿能、もっと世間をよく見ろ。損をするのはお前や、それでも良いなら話は別だが」

　人生に於いて何が損得なのか、俺の考えは世間から逸脱《いつだつ》しているかも知れん、いや多分そうだろう。それはまさに荒野に聳《そび》える風車を、巨人に見立てて立ち向かう騎士に等しいのか。そう思えばあながち、希未子さんの指摘は遠からず的を射てるかもしれない。

八

小野寺園芸店は自動のガラス戸を閉めてスイッチを切りシャッターを下ろした。三々五々従業員が裏口から帰って行く。鹿能も後片付けを終えて帰り支度を始めると小野寺さんに呼び止められた。おそらく明日の波多野家に於ける出棺を前にして個人への飾り花の相談だと思い足を止めた。だが意外にも小野寺さんからは、もう花の注文は無いやろうと言われた。理由はあれ以上は派手にやらないそうだ。

「何ででしょう」

小野寺社長に言わすと、密葬の花飾りは出棺でも殆どが通夜のままらしいと知った。白井さんが帰ったのを確認して小野寺さんは、店の入り口横にある居間の応接セットに座り込んで鹿能には向かい側を勧めて座らせた。

どうも社長はあれからも白井さんとここへ来るまでの仕事ぶり、特に波多野家について更に聞き込んだらしい。内の店では冠婚葬祭の花も扱っているが、大抵が一般家庭か、もしくは近在のスーパーの店長や病院の院長、学校の校長ぐらいで派手なところでは、ホテルの披露宴の宴会場で洋装の花嫁のブーケも扱ったが、ホテル側からの要請でなく、日頃懇意にしている顧客からの依頼だった。今回は密葬とはいえ、あれぐらい大きな会社の個人を花で飾り付けたのは初めてらしい。

「たとえ密葬でもこれはええニュースになる」

と社長は切り出した。この後の本葬、もしくはお別れ会もひょっとすれば飾り付けでお呼びが掛かるかも知れない。となると評判だけの小野寺社長もこれで実績が伴ってくると張り切っている。

そこで白井さんにここへ来るまでの庭師の仕事で、どれぐらい著名人や社長などの邸宅の庭を手入れしたか訊いたようだ。

「そこで鹿能、お前はあそこのお嬢さんとはええ繋がりが出来たそうやさかい、何とかそこを足がかりにして内の店を大きくしたいがどやねん、あの娘さんをこれからの仕事で上手いこと繋げられへんかと、そこが聞きたいんやがどやねん」

ハア？　まだそんな大層な処までいってないから社長の早とちりもいいところだ。それを見透かす様に、今までの前置きを撤回して、ざっくばらんにあの娘の様子を聞きにくる。それが仕事がらみでなく純粋な交際だと解ると、どう思われるか不安がよぎる。

怪訝な顔付きに小野寺さんは、心配するな。あれから白井さんを誘ってあの家に挨拶に行ってきた。そこで希未子さんとも会って短いが少し話したらしい。その印象を小野寺さんは言っている。

「あれから白井さんと行かれたのですか、なら仕事の話はあの人に言っても聞き入れてもらえないどころかたちまち嫌われますよ」

「そうらしいなあ」

小野寺さんにしてみればあの後で通夜に顔を出して会った印象より、白井さんから聞かされた話の方が、彼女の性格を端的に物語っているらしい。小野寺さんが希未子さんに会いに行ったのは白井さんの「小野寺さんでもコロッといかれますよ」と言われたことが気になったらしい。そこで小野寺さんは彼女の本性を垣間見たらしい。それを訊ねると、どうも気になる事をひとつ発見したようだ。

「何ですかそれは」

「今はまだお前に言わん方がええやろう。わしが見誤っているかもしれんしなあ」

先ほどとは違って急に社長は口を濁した。それは彼女に会って、これだけは言っておかなあかんと思い詰めたものが、いざ語り出すと次第にその根拠が揺らいできたからだ。やっぱり社長でもあの希未子さんの人となりを的確に掴み切れてないと鹿能は思った。それは後で希未子さんに小野寺さんの印象を聞けば解ることだが、既に彼女との距離をそこまで縮めていると彼は錯覚している。

祖父の波多野総一の密葬が済み二日目に、希未子さんから小野寺園芸店の鹿能に連絡が入る。片瀬井津治が帰ってきたらしい。どうやら会長の葬儀には間に合わなかった。とにかく希未子さんに呼ばれた場所はあの家でなく、家の近くにある喫茶「曼珠沙華」だった。最初、希未子さんから指定されたときは解らなかったが、電話を切ってから思い出した。曼殊院で初めて彼女に会った時に近くに居た老夫婦がやっているという店だ。なんで今まで彼女さえ知らなかった店を指定したか解らないがとにかく行くことにする。

小野寺社長は葬儀が終わったのに、今更何の注文かと首を捻ったが、仕事の話でないと解った。それでも社葬かそれに近い本葬を予定している家である。繋がりは大事にしたいから行ってこいと見送ってくれた。

店はこのあいだ昼食を摂った白川通に面しているあのレストランとはそう離れていない。なるほどあの夫婦が言ったとおり曼殊院から遠くないが、バスを降りてから少し逆方向へ歩かないと行けない。

少し早いから寄り道をしてから、彼女が指定した時間通りに店に入ると、既に彼女はテーブル席に座って待っていた。

「なんて言って店を出てきたの」

鹿能が着席するなり希未子に訊ねられる。返事に戸惑う間に珈琲が来た。持ってきたのはバイトらしい若い子だった。奥さんは今日は来れなくて、カウンターの奥に居るご主人に鹿能との成り行きを説明したらしい。それで納得したのか主《あるじ》は邪魔になると思い挨拶に出てこない。それより希未子は今置かれている立場を鹿能に急いで説明する必要に迫られていた。

「あたしがあなたを此処へお呼びしたのは、もっとあなたに力になって貰いたいからです」

これには鹿能の驚きは隠せないが、彼女は今の自由が脅《おびや》かされようとしているからだ。それは彼女が置かれた立場を包み隠さず鹿能に告白しようとする姿勢から理解した。

九

先ずは希未子《きみこ》さんの心を射止めた片瀬井津治について、彼は何者なのだと訊きたくもないが聞かないと話が始まらない。向こうは射止めたつもりでも、あたしにすればどういう人なのかを先ず知るために彼の懐に飛び込んだそうだ。これで鹿能にすれば俄然と話は面白くなる。片瀬は彼女の求める要素を持ち合わせていないと解るが欠点は見当たらない。そうは言っても世間一般の常識人としても申し分なく超越しているとすれば、希未子さんの方も無下には出来ないらしい。だから鹿能にすれば希未子さんが一旦は目に留めた人だから、会う前から相手を否定するのは良くない。そこは十分に希未子さんから窺う必要がある。

どうやら祖父は孫娘には片瀬のような男が良いと決めた。そこで片瀬を入社して一年足らずで、そこそこの幹部候補に育てるつもりだったようだ。それも全て孫娘に善かれと思ってのことらしい。全てが想像の域に収まっているのは、祖父がハッキリした方針を家族や社内に示していないからだ。祖父に言わせれば黙っていても俺の遣り方を見れば自《おの》ずと先は見えてくるから、黙って付いてこいと気合いを掛けていた。先ず会長は片瀬の地位を上げようと海外勤務させた。片瀬が欧州担当で暫く留守になると、希未子はホッとしたのか感情に変化が現れた。そこで会長は最近になって長男に結婚を仕向けて足元を固めさせるように、片瀬にもその方針に切り替えようとした矢先に亡くなった。

その突然の死に関係者は困惑するのは当然だろう。多分会長はこう言うつもりでやっていると思えばこそ、後を引き継ごうとするものだが。それがあくまでも推測の域を出ない以上は、会長亡き後の方針を巡って、社長と長男の健司は、片瀬の取り扱いには注意を払いだした。

息子の総一郎は、父の遺言を汲み取って片瀬に伝達する前に先ずは希未子の意見を聞いた。それに対して娘は、あたしの気持ちの整理が付くまで、その話は暫く伏せて欲しいと留められた。

社長である父は商談が途中なだけに、会社として今の商談が成立するまで担当者として直ぐにまた北欧へ派遣するつもりだ。

「片瀬さんはいつ北欧へ行くんです」

明日の朝一番の飛行機で行くが、商談が成立すれば海外担当から外してこちらの勤務に戻るらしい。関空からヘルシンキには片道十時間以上掛かる。

「あたしのことを伝えるために片瀬を急遽呼び戻したのに、だから兄は別にしてせっかく呼び戻したお父さんにすれば機嫌が悪いのよ」

「当然だろうなあ、仕事をめちゃくちゃにされた挙げ句に急死なんだから」

「そんなことを言われても、そっちがあたしの意向を無視して勝手に進めるからよ」

希未子にすれば益々意固地になる。娘の性格からしてこれは取り繕いようがないと家ではみんな戦々恐々としてあたしの顔色を窺っている。

「それで片瀬さんとはいつ会ったんですか」

「昨日帰ってきて空港からそのままあたしの家に直行して、夕方に祖父の遺骨に線香を上げに来て、その時に二ヶ月ぶりに会ったけれど変わっていなかった」

片瀬は兄と同期入社なのでお父さんより気は合う。元々、片瀬は祖父に気に入られてお父さんとはちょっとよそよそしかった。そこを兄にほぐしてもらってなんとか体面は保てたようだ。でも本来片瀬はそんな堅物じゃないから、よそよそしいのはお父さんの方なのだ。

「問題は希未子さんとスッキリすれば家族はそう気を遣わなくていいんでしょう」

「そりゃあそうだけど、でもただいまと言われてハイご苦労さん、でもないでしょう」

「そりゃあそうだろうなあ」

「いやに簡単に言ってくれるわね」

「それはあくまでも私の与り知らない処ですから、なんとも言いようがないです」

「まあそう言うことにしとくわ」

「それで片瀬さんとは進展は見られなかったと言うより、おじいさんの遺言は希未子さんに依って封印されて仕舞ったって言うことですか。それもいつ開封されるのかそれとも永遠に訪れないのか、それは希未子さん次第ってわけですか」

「だからあなたを呼んだのです」

「でも出番が来なくなったんですね」

「いいえ有ります。今日はその打ち合わせですから」

「でも、もう直ぐ片瀬さんは向こうへ行くんでしょう」

「祖父が亡くなった以上は片瀬をどうするかはお父さん次第でしょう、でも祖父ほどでもないにしろ、今までの勤務ぶりからあたしに関係なく、そこそこのポストは考えているようね、兄も様子見なのかまだそこまで関与は差し控えている。兄は権力や地位財産には、今の処は放浪癖がまだ抜けきってなくて、それほどの執着心は持ち合わせていないわよ。しかし兄も安定した社会の仕組みに組み込まれてゆくと、いつ豹変するか解ったもんじゃないわよ」

「お兄さんはそんな人なんですか」

「今はそんな人じゃないと祈りたいわよ」

「じゃあ、そんなお兄さんと気が合う片瀬さんもそうなんですか」

「そうね、放浪癖のない片瀬はちょっと違うでしょう。どっちかと言うと兄と違って上っ面《つら》ばかり気にして付け入る隙のないぐらい完璧に物事を熟《こな》す人なのよ」

片瀬は今の処その両面を小出しにするから取っ付きにくい、だからどっちかはっきりしろって言いたい。鹿能さんのように片瀬もなかなか尻尾を掴ませないから、あたしも迷っている。

「それは警戒してるんでなく、片瀬さんの地じゃないですか。希未子さんは先入観が強すぎて考え過ぎていませんか」

彼女は思っていることを余り表面に出さない人を選ぶ。それは何を考えているか解らないからこそ、そこに未知への魅力と可能性を見出そうとする。そういう人を育てる事を生き甲斐にしたい、と希未子さんは思っているようだ。

十

希未子さんとの相談を終えた鹿能は「曼珠沙華」を出ると直ぐに別れた。ここで彼女は鹿能さんが家に来てもらうのは今日しかないと特に強調していた。それは片瀬井津治が明日には居なくなるからだ。そこで何をすればいいのか、とうとう店を出るまで聞きそびれてしまい、店を出た今も判らない。それはアドリブでお願いしますと言う昼食時に添えられた彼女の言葉がまだ残っているからだ。そしてそれを今更確認する術《すべ》をこの男は持ち合わせていない。多分それを彼女は見越して言ったのだろう。俺は見くびられているのか、と不思議な微笑を湛えた彼女の瞳を真っ直ぐ見ても濁《にご》りはなかった。澄んだ瞳が鹿能には信頼している目だと想わせる。そう思い込むと意外と楽に踵《きびす》を返せた。それでも少し振り向くと、彼女は小首を傾げるように会釈した。それはもう引き返せないと鹿能に思わせるように、希未子はそこに暫く佇んでいるように見えた。その姿に心が惹かれると「今夜みんなに紹介するから家に来て欲しい」と言われた彼女の言葉が、更に重みを持って鹿能の心に強くのし掛かった。それだけに今夜は何があるのか益々気になってくる。さっきの話では片瀬井津治の壮行会と言えば可怪《おか》しいけれど、祖父の急変で戻したのだから、その穴埋めにも盛大に見送りたいと父が決めたらしい。その席に鹿能を招待する希未子の魂胆は、さっきの説明で大体は解った。

店に帰り着くと、小野寺さんからいつものように、どやったと訊ねられた。注文はなかったが、会長が一番気にしていた社員をまた見送るのに、今夜の再出発の壮行会に誘われたと告げる。

「なんやそれは、けったいな話やないか」

と小野寺さんに突っ込まれたが、それは鹿能さえも与り知らない処だ。

「なんで呼ばれたか行ってみんと解らんのです」

すこし社長は考えるように沈黙したが、まあそれで繋がりが保てるんやから、めでたしかと可笑しな批評をされた。確かに繋がってはいるが、それと献花や飾り花の注文とは別次元である。それをじっくり説明すれば、社長は目を剥くから関わりを避けた。

夕方まで勤務して店を出てバスで希未子の自宅に向かった。頑張れと見送ってくれたが、小野寺さんは全く期待していないのは覇気のなさで伝わってきた。いつもなら檄を飛ばす小野寺さんが、経験と勘なのか、この時の穏やかな口調が心に重くのし掛かり、それでも笑って送ってくれるから心苦しい。

夜の七時前だと謂うのに晩秋の日暮れは早い。バスを降りて波多野家へ向かう道はスッカリ暗くなっていた。整然と立ち並ぶ高級住宅街も陽が落ちると、鬱蒼《うっそう》と茂る樹木の中を歩くように静まり返っている。防犯のメンテナンスが行き届いているせいか、家族の団欒が塀に囲まれて見えず、その声も流れてこない。そうなると憂鬱《ゆううつ》な気分に益々拍車がかかり、着いた頃には相当沈みきっている。彼は陽気に取り繕って、通りに面した門構えに据えられた呼び出し音を鳴らした。待っていたのか直ぐに希末子さんが出迎えてくれた。

そこから互い違いに埋められた敷石の先が玄関ドアになる。引き戸を開ければ広い三和土《たたき》に面して木の香りが漂いそうな板の間に続いて、先日はここから奥までの襖が取り払われていたが、今日は襖で閉め切られている。希末子さんは縁側に出て、庭に添って続く廊下を奥へ案内された。

十二畳ほどの和室に座卓が並べられ、そこへ仕出屋からの寿司と自家製の煮物や洋食が所狭しと並んでいる。今日のメインは片瀬らしく奥に座っていた。後は順に祖母と両親、それに兄の健司《けんじ》と、金沢から駆けつけた弟の剛《つよし》、それに三十代の紀子《のりこ》さんと呼ばれているお手伝いさんらしい。鹿能を入れると全部で九人になった。

部屋へ入るなり希未子さんは鹿能を、祖父の飾り花を任された者だと紹介した。片瀬を再び送り出す壮行会と、祖父の密葬が済んだ慰労を兼ねて、希未子さんは鹿能を加えさせたらしい。それがここに居る皆から異議が出ないのは、全て希未子さんに反対されると困るからかも知れない要素が、多分含まれていると鹿能は勝手に解釈した。

直ぐに末席に座る紀子さんが「あたしは料理とお酒の運び役ですから」と彼女の席と入れ替わった。なぜか希未子さんは片瀬の近くでなく、弟の剛をどかして鹿能の側に座った。やれやれと小さいときから虐《しいた》げられていた剛は素直に従った。これには皆も特に驚かないのが不思議だった。直ぐに父親の総一郎が片瀬を引き立ててから、新たな旅立ちを祝して乾杯し、この日の宴《うたげ》は始まった。

末席とはいえ、注文された仕事の一環として、祖父を花で飾り付けただけの一介の花屋に過ぎない。その鹿能にすれば、これでは飲んで食べて、はいさよならでは済まされない緊張感が走ってきた。

希未子さんからビールを勧められて、そっと「俺は何をすれば良いんだろう」と囁《ささや》いた。先ずは上座に居る片瀬とお近づきになることねと言われた。

「エッ！　今すぐですか」

「まだ早過ぎるわよ、もう少しお酒が回ってからよ。それまでは側に居る人と適当に喋っているのよ」

と希未子さんは傍に居る者に声を掛け出した。どうやらここから順に上座に向かうらしい。そこでこの家が持っている家風みたいなものを知って、心構えを植え付けようとしているらしい。先ずその走りではないが、鹿能とは話しやすい身近な存在として、近くに居る弟の剛とお手伝いさんの紀子さんを紹介した。

十一

鹿能より少し年下で大学生の剛君は、住みやすいという理由だけで金沢大学を選んだから変わり者なんだろう。何でも雪国の人は彼に言わすと取っ付きやすいそうだ。人前で裏表を使い分けるお公家さんの街で育った者には、それが実に新鮮に映るらしい。それでスッカリ魅了されて盆暮れでもめったに帰ってこないから、今度の祖父の死は何年ぶりかの帰郷になった。しかし家族の目は実に冷めている。久し振りに帰郷した我が家なら上も下へも置かないぐらい気に掛けるのが、ここではそんな素振りがないのが気になる。見渡せば一番真面な顔付きに見えたのは紀子さんぐらいだろうか。他に家族の一員でないのは片瀬だが、細かい表情まではここからでは見通せない。

　ここへ来て十年になるらしい紀子さんは、スッカリここの家族に溶け込んでいても、時々は聞き返しているから、矢張りまだ馴染めない処があるらしい。それでも白井さんのことになると紀子さんとは話が合った。どうも庭の花木の栽培方法とかを、彼女は白井さんからいろいろ聞いていたらしく、そこが鹿能とも喋りやすかった。それでも彼女は座卓の状態を把握して、酒や料理の補充に席をよく外すから、話が合っても繋げなかった。

　次に希未子さんはお兄さんの健司さんを引き合わせた。彼は大学時代から放浪癖があるらしく、祖父の口利きでなんとか卒業させたがこれが良くなかった。卒業した兄は今度は本格的に外国を放浪した。しかしその裏で祖父は、これは将来商社マンとして内の会社に役立つと、遊ぶ資金を惜しまなかったそうだ。健司にしてみれば気が付けば孫悟空じゃないけれど、お釈迦さんの掌の上を飛び回っていたに過ぎないと希未子さんの嘲笑を買った。勿論それはおじいちゃんの資金援助が有っての事だけどね、と付け加えることも忘れない。

「希未子、お前その出所をいつ知った」

兄は鹿能の顔を掠めるように見ながら訊く。

「ばっかじゃないの」

と希未子は、兄が指定した銀行がある世界中の支店の国名を並べて、よくこれだけ飛び回れたものねと半ば呆れている。

「お前が振り込んでくれたのか」

「おじいちゃんに頼まれてね」

と上座にあつらえた小さな祭壇に安置された祖父の遺骨に目をやった。その傍に片瀬が祖母と両親に囲まれて、酒を飲みながら言葉を交わしている。鹿能にはまだそこまでの距離が遠く感じられた。

「お前の隣の人が、その鹿能さんですか。おじいちゃんに飾り付けされた花は立派で引き立ってましたよ」

と遺骨から目を戻した兄は、妹にしては良い人に頼んだと褒められた。そう言われても確かに花飾りを造ったのは自分でも、花を頼まれたのは白井さんだ。

「この仕事は長いんですか」

「いや、まだ四、五年ぐらいでしょうか」

「それでも立派ですよ。さっき妹が色んな国名を言った通り一年前までは世界のあっちこっちを放浪してた身ですから、その間に修業されていた鹿能さんには頭が上がりませんよ」

こちとらは、どう見ても年上の、しかもあの商事会社の役員に名を連ねる人から言われると、どう受け取っていいか判断に迷ってしまう。

それでも世界中を渡り歩いていたのだから、お兄さんの方も今の商事会社ではそれ相応に役に立っているでしょうと鹿能は持ち上げた。

これには兄の健司は「それは表向きで、そんな話は亡くなった会長しか知らないはずなのに」と話を希未子さんに突っ込んでくる。どうやら修業と言う名目でないと会社の金は流用出来なかったらしい。それで身内の希未子さんが振り込んでいたのか。

「なんかお兄さんの場合は複雑なんですね」

「そりゃあそうでしょう。スネかじりで大学を出て、何年も放浪出来る自己資金なんて一銭も持ち合わせていませんからね。だからこれからこの会社で稼いで返さないとダメなんですよ。兄が放浪出来たのは大学の奨学金制度じゃないけれどまあそれに似たように、おじいちゃんが会社の金を勝手に流用させたのよ、だから後で内の会社に貢献して返しなさいよと言われているみたいなものよ」

だからこれからたっぷり働いて会社へ返してもらわないとね、と希未子は益々冗談交じりに言った。この兄妹は、何処まで仲が良いのか悪いのか、区別が鹿能には付きそうもない。

片瀬が両親と祖母が離れたタイミングを希未子は見逃さず、鹿能を連れて上座へ向かった。いざ出陣となるかと鹿能はこの舞台のために、希未子に呼ばれた使命感に燃えなければならない局面を迎えさせられた。そこで一緒に立ち上がった彼女は、鹿能の耳元に呪《まじな》いをした。

「向こうの片瀬は、あなた以上に自分を見失っているから何も気落ちする事はないわよッ」と希未子にそう言われても、片瀬の表情には変化が見受けられない。それどころか自信有りそうな顔で近付く鹿能を捉えているように見える。

「どう、海外勤務は慣れましたの」

と希未子さんが先ず片瀬に声を掛けてから鹿能を今一度紹介した。

「会長の葬儀には間に合わなかったけれど、大変綺麗な花で飾っていただいたそうで、故人からは並々ならぬお世話を頂いている者としては感謝してます」

と片瀬は慇懃に一片の隙も見せぬように挨拶代わりに言った。この返事に窮しているとすかさず希未子さんが「この人の飾り付けはフラワーデザインっと言っても良いぐらいのセンスがある人だから」
と鹿能の値打ちを高く見せ付ける。これには片瀬も一応は一目置いて感心して見せた。

十二

急死した祖父の遺言を伝えるべく片瀬を呼び戻したが、相談を受けた希未子《きみこ》の都合で何もなかったようにまた北欧に戻す。この脈絡のない行動を祖母と両親は懸命に説明をすればする程にちぐはぐな対応に終始してしまう。しかしその親族の熱意には理解を示したが、その滑稽さに片瀬は笑って聞き流した。しかし久し振りにやって来た希未子には逆に一目を置かざるを得ない。片瀬には希未子との仲を期待する祖父が言い遺した内容の大方は察しは付いている。だがその後ろ盾をなくした片瀬には、これからどう繕えば彼女が振り向いてくれるか、思案のしどころに陥《おちい》る。これが鹿能の耳元でさっき囁いた希未子の片瀬は今、自分を見失っていると謂う呪《まじな》いだ。

この人は大学生の時にホテルでボーイをやっていた。その時に祖父が社員の披露宴に出席したが、途中で気分を悪くした時に、大変丁寧に面倒をみてもらった。それが祖父には今時の若いもんにすれば珍しいと気に入られて、大学卒業と同時にうちの会社に殆ど推薦で入社した人だ。だから独力で自分の道を切り拓こうとする鹿能さんとは違って、心配する必要ないと希未子は、新たな呪文を鹿能に植え付けた。

そこに居る片瀬は、鹿能には新鮮に見えても、希未子にはもうとうに埃を被ってしまった顔だった。

「希未子さんがそこまで肩入れするとは余程気になる人なんですね」

とそれでも片瀬は、今更ながら彼女の気持ちの変わりように戸惑いは隠せない。この困惑に鹿能が気付くと、どうやらこれが希未子さんの言う自分を見失っていると言うことらしい。希未子も、鹿能の顔から不安の種が消えてゆくのを確信する。

「片瀬さんとはもう一年以上のお付き合いになるんですけれど、こちらの鹿能さんは最近になって会ったばかりなんだけれど……」

先ずは本人同士が見初めて付き合い始めたのではなく。片瀬は祖父に依って見出されてから孫娘を紹介されて付き合いだした。それは祖父の肝いりで巡り会わされて、その顔を立てて二人が申し合わせた様な義理人情から入った。だが片瀬には出会った時からそんなものは吹っ飛んで仕舞った。一目惚れしたのである。希未子にすれば祖父に義理立てして付き合う内に、悪い人ではないけれど今ひとつ燃え上がる何かを求めて交際を続けた。

「ここに居る鹿能さんには、あなたと一年掛けても見つけられなかったものを、短いけれどこの人にはそれが見つかったの」

これには少し怪訝な目付きをされた。その目に応える為にも希未子は、それを今はハッキリとした形では示せないけれど、片瀬にも出会った頃にはその片鱗を覗かせていたと物静かに伝えた。それは初めて出会った頃を今一度思い起こして欲しい、という希未子のメッセージだと片瀬は真剣に受け止めた。

二人は出会いに於いてはお互いに相手を認め合った。あの頃の気持ちに時が駆け巡ると、片瀬から別な重みが伝わってくる。それが煩わしくなりだすと、希未子にすれば自然と心が離れていった。

「あなたがあたしを認めたあの時は、あなたは無垢な心だったのよ。今は同じ孤高の人でも鹿能さんはあなたと正反対なのよ」

片瀬は、この恋愛に付随する多くの物を、時間の経過と共に考えて背負い込んでしまった。この恋が叶えられて波多野家に婿養子になれば会社での地位は保証され、肩書きも付き、生活も将来も安定して楽になれる。希未子はそんな夢の切り札なのだ。

だから今はどんな相手とも耐えていく時だろう。

「ホテルでのバイト時代に、祖父があなたを気に入ったのは、そんな無垢なあなただったからだと祖父から聞きました」

　学生時代の祖父も丁度その時のあなたと重なるものがあったからこそ贔屓にした。それから祖父はあなたが卒業するまで見続けてきました。そして卒業前に内の会社に入ってもらいました。それまでの直向《ひたむ》きなあなたの姿があったからこそ、祖父は孫娘のあたしに自信を持って付き合うように勧められました。そしてあなたに出会った頃は、あたしも祖父の目に狂いはないと確信していました。

「あなたはそれを忘れたのですか」

　あの頃は学生で勉学に励んでいて金儲けは二の次だった。今の会社に入ってもそれは変わらなかった。いつ変わったのだろう。希未子が言うように出会った頃も我武者《がむしゃ》羅《ら》に働いていた。それが殆ど気が付かないうちに、次第に彼女との愛を超え始めて、別なものが付随した時だと思う。それに対して隣の鹿能は明確に否定した。

「それは違うでしょう。あなたは本当の愛を知らなかったんでしょう。だから超えていない、いや、超えられなかった。愛について損得の物差しで測り始めた時から、あなたは希未子さんの愛に溺れてしまったんですよ」

愛はギリギリの駆け引きで成立する。と、片瀬と付き合っていたその時に、希未子さんは覚えてしまった。だから小出しされる愛に、今の鹿能は苦労している。

確かに希未子は付き合い出すと、無二の愛情を注いでくれた。片瀬はそれに溺れて次のステップに入った。しかしそれは二人の生活を考えたまでで、決して彼女の愛をないがしろにしたとは思えないが、遠ざかる引き潮を感じた。それで彼女を引き戻すのに邪心が働いたかも知れないが。とにかく今の商談をまとめて認められれば、希未子なしでもある程度の出世は望めるが盤石ではない。

「だから会社の為にも希未子さんに支えて欲しい」

と切望する片瀬に、鹿能は、あなたは自分を捨てられますかと訊ねる。愛は持ちつ持たれつですが、もし、希未子さんが、仮に片瀬さんを支えても、希未子さんは破天荒の人です。それをあなたは支えられますか、と鹿能は更に追い打ちを掛けるように訊ねた。

十三

宴は紀子《のりこ》さんが台所とこの場を何回往復したか解らないぐらいに盛り上がった。だが上座に座る片瀬の座卓の料理はまだ箸が進んでいないのだ。それがそのままさっきの重苦しい会話を象徴している。皆が賑やかに喋っているのには変わりがないが、差し詰め片瀬には再出発を祝う雰囲気など何処にもない。鹿能に言われた「希未子さんをあなたは支えられるか」この言葉が腹の底にへばりついているからだ。

「さっきは社長の総一郎さんが、これからが総仕上げで今度の商談が纏まれば直ぐに帰国して次はツーランク上のポストを用意しとくとさっき伺ったよ」

気を入れ直して片瀬は前途ある将来に話を戻そうとする。

「エへ～、お父さんが言ったの、それともおじいちゃんの遺言かしら」

どうやらさっきは上座でそんな話をしていたらしい。

「それでいつ帰国出来るの」

この商談が終わればそのまま帰るから、現地の者にその引き継ぎや懇意にしてもらった人との顔繋ぎや、その他諸々の雑用が残っている。だから長くても二ヶ月以内には帰ってこれると大まかな日程を示した。

「そんなに掛かるの」

　半年以上掛けて築いたものを、はいさいならと次の者に簡単に引き継げるほどいい加減な仕事はしていない。全て今は亡き会長の息の掛かった得意先ばかりだ。これからも築いた信用をそのまま取引先に引き継がないと会社が危うくなる。そこまでして帰国させたかった理由は、希未子さんが一番よく知っているはずだと片瀬は訴えている。

「片瀬さん、さっき私が言ったものが何処まであなたの心の中に浸透しているのか、帰国後は昔のあなただと解るようにしてもらわないと困るのは希未子さんですから宜しく」

　と鹿能は傍観者に徹するが、希未子にすれば、片瀬に対する鹿能の余裕のようにも受け取れる。

　取り敢えずは帰国後のあなたの活躍を期待したいと、希未子は取って付けたような謝辞を並べて、片瀬に寛ぐようにビールを勧める。

　上座の三人がビールを飲み出す姿で、本来の目的に沿って宴が盛り上がりだした。

遠巻きにしていた身内も門出を激励するように、入れ替わり立ち替わりやって来ては酒を酌み交わした。

希未子はこの場をそっと抜け出すと、今度は鹿能を父の前へ連れて行く。これには鹿能も勘弁して欲しいが希未子は「これからが本番よ」と有無を言わさない。

「ハア？　既に恋のライバルとはエールの交換を終えたのにまだなんか有るの」

「当たり前でしょう家《うち》の両親と祖母を身近に知ってもらって売り込んでほしいから連れて来たのよ」

「そう言われても、さっきの片瀬一人で随分と渡り合って消耗してしまったんですけれど」

何寝言を言ってるの、それほど柔な精神でもないでしょうと発破をかけられる。まさに動くダイナマイトで、壊しながらこの人は新たに好み通りに造り直すようだ。

移動した両親と祖母は、端の紀子さんが定席する辺りで寛いでいた。これで二人はグルッと一回りしたわけだ。

祖母とは通夜飾りの仕事で見知っているが、面と向かって喋るのは今日が初めてだ。依って緊張感が全身に漂ってしまう。だが希未子さんが祖母の失敗談ばかり話すと、これには流石の祖母もただの人らしくなり、両親共々一緒になって笑い出した。とにかく我が家では大本の祖父があのような人だから、息子はともかく孫達は勝手気ままに育った。これは仕事にかまけて孫達をほったらかした所為《せい》だと、祖母は息子の総一郎に小言を言い出す始末だ。希未子はご覧の通りよと明け透けに見せつけられると、後は和気藹々《わきあいあい》と鹿能はこの輪の中に入って行けた。

「アラ、隅っこに居たお兄さんがいつの間にか向こうの片瀬さんの席に移動してるわ」

と希未子さんが指し示した。矢っ張りあの二人は気が合うようだと父も穏やかに観た。

片瀬と健司はたまたま入社が同じ時期に重なったが、この似たような素質に気付いた祖父が、意図的に二人を同じ海外部署に配置して仕事をさせた。見習い生として二人は業務を習得すると、直ぐに海外勤務に就かせるが、孫の健司には見合いをさせるために途中で帰国させた。それが本人にはどうも不満らしく、父親にはまた海外勤務に戻して欲しいと希望しているらしい。そんな二人だから、どうせ社長である、わしへの不満だろうと勘ぐっている。しかし希未子が観ると、お互いにビールのピッチも上がって愉しんでいるように見える。

「どうだ希未子と久しぶりに会って変わっているか」

健司はビールを勧めながら片瀬に逢瀬の気分を訊いている。

片瀬にすればさっきの彼女の印象からか、自棄気味に俄然注がれたビールを速いペースで飲み干している。それでも構わず健司は、明日は異国の空に消えてゆくこの男のためにビールを注いでいる。そしてその健司が「お前ももっと捻《ひね》くれろ」と言っている。

「お前も聞いているだろう会長である祖父が亡くなったというのに我が家、いや我が社では俺が来月結婚するのに何の異議も唱《とな》えない。おかしいと思わんか、会長が亡くなって喪中なのに直ぐにその孫が式を挙げるか」

片瀬は笑って聞き流している。

「お前、それは本音じゃないだろう。もう少し独身を愉しみたいのだろう」

まあなあ、と健司も嗤い返すと。

「祖父は死ぬ間際に孫の結婚は延期するな、それと至急片瀬を呼び戻せと枕元で親父に言付けたらしいんだ。しかも誰も訊いていない。親父にしか知らせてないらしいんだ」

と健司は声を潜《ひそ》めて片瀬の耳元で囁いた。それだけかと訊かれて、お前の事も細かく指示したそうだが、それをお前に伝えるために親父は呼び戻したが、希未子がどうもぶち壊したらしい。

片瀬はこの話を聞きながら、向こうに居座る希未子に眉を寄せた。

十四

小野寺園芸店のシャッターを抉《こ》じ開けて次々と従業員が下を潜《くぐ》ってゆく。最後に遅れて来て潜るのはいつも鹿能だ。それが合図のように半開きのシャッターが、軋む音を立てながら天辺まで上がりきると開店となる。開けたからといって客が殺到するわけではない。まして平日の朝なら忙しなく行き過ぎる人の群れは、誰一人として花に目を留める人もなく、店員も黙々と花の世話に勤《いそ》しんでいる。

鹿能にはいつものような単調な花作りの仕事が続いていた。何だか気が抜けたように呆《ほう》けて仕事をしていると、直ぐに小野寺さんの目に留まってしまう。

なんやその花は、と気持ちが入ってないと直ぐに見抜かれてしまう。もう昼過ぎだが風が冷たくなり出すと、花より団子じゃないが温かい物が売れ出す。通りを挟んだ斜め向かいのたこ焼き屋は、ぽつぽつと立ち止まる人が増えてきた。もっともあの店は夏はかき氷をやっているから季節に取り残されないだろう。花は矢っ張り寒くなり出すと鑑賞用に買う人は減ってくる。この季節になると、イベント会場の飾り付けが勝負だが中々注文が来ない。

「例のあの亡くなった会長さん宅はその後どうなってる」

と社長に訊かれても答えようがない。不思議なのは、なんせあの家、今は喪中なのに披露宴の飾り付けを頼まれたのだ。そこで小野寺さんは、おちょくられているんちゃうかと鹿能に確認を求めた。

「そやかてあそこは喪中やで、そんな家が披露宴をするか」

と小野寺社長にすれば半信半疑なんだ。それより大抵はそんな場合はホテルに入っている花屋に任すのが普通なのに、そこを飛び越えてなんでうちに頼んでくるのか。そこで立花さんは鹿能に、昼飯を奢ったるさかいちょっと付き合えとなってしまった。

珍しくご近所でなく選りに選って、波多野健司が来月結婚するホテルのレストランに連れて行ってもらった。社長、店を間違ってませんかと冗談っぽく正しても、心配するなの一点張りで昼食を摂った。

流石はちゃんとしたホテルの制服を着たボーイが注文を取りに来る。昼のランチを注文するが、鹿能にすればちょっと値が張る。そこは社長だけあって、夜の食事に誘えば到底この料金では収まらんと、仕事中でも夜より安いと見越して昼食なんかと、鹿能にすれば余計に考えてしまう。

「このホテルで来月結婚する波多野総一郎の息子の健司さんやが、なんで内の会社へ花を頼んできたかお前知らんはずないやろう」

と言われたが、料理を目の前にして知らんとは言わさん、と言う雰囲気を社長に作られてしまった。

「多分に希未子さんが、そのように仕向けたんでしょうね」

「この前の通夜でおうた会長の孫娘やなあ、そやけど決めるのはその娘とちゃうやろう」

確かに言われてみればそうだが、なんせ彼女は亡き会長の遺言の一部を黙殺させた人だ。それ位は遣れても不思議では無い。問題はその微妙なニュアンスをどう説明すれば小野寺さんに解ってもらえるか、前に出てきた料理を観ながら思案した。

先ずは先日に波多野家の宴会に誘われた話から喋り始めた。

「ホウ、そのお前が孫娘に呼ばれたというのは、その亡くなった会長が生前に目を掛けてた片瀬とか言う男の送別会にか」

送別会ではないが再出発を見送る会だろう。小野寺さんにすれば注文が取れれば良いのだからどっちでも変わりはない。その所為《せい》だろうか、その辺りは深く追及しないのは、商売に直結しない回りくどい話が苦手なだけだ。

「それで会長の本葬はまだ先の話か」

「今年も後ひと月ちょっとですから、財界や取引先に来てもらうとすればおそらく来年でしょう」

「そやなあ、そんな大きな葬儀に内みたいな花屋に頼むわけないわなあ」

小野寺社長は賑わう表通りをウィンドウー越しに眺めながら寂しそうにポツリと言う。その顔を見ているとと従業員ながら何とかしたくなる。

「まあこの前の密葬と違って、お前にあんな大きな会社の社葬の花飾りを頼むわけがないわなあ」

当てにしてへんさかいあの娘とは気楽に付き合え、と言ってるようでも、それでいてまだ一縷《いちる》の望みを今日の昼食に誘って賭けているようにも受け取れる。

「そいで、その片瀬という男はもうヨーロッパへ行ったんか」

あの翌日、珍しく希未子は兄の健司と一緒に片瀬を関空まで見送った。その日に希未子さんから電話で、その時の様子を聞かされた。

酔いがまだ残る早朝に片瀬は、泊まり込んだ波多野の家から、関空までタクシーで行かされた。途中で片瀬のアパートに立ち寄って、用意されたスーツケースを積み込んで空港へ向かった。道中は殆どが寝ていたそうだ。空港待合室で三十分ほど話した。その殆どが健司との会話で費やされた。

　じゃあ希未子さんは何しに付いていったと訊くと、お父さんが気を遣って、是非お前も行けと言われて行ったそうだ。

「それじゃあ、何も、その片瀬とは進展はなかったっちゅうことか」

「そうですね、主に健司さんが夕べの宴会の続きのように会社の批判、この場合は社長であるお父さんへの愚痴に終始したらしんです」

　それで片瀬は希未子さんからは、形ばかりの激励の言葉を受けて出発ゲートを潜った。

「そうか、それで今日まで彼女からは何の連絡もないんか。何を考えてんのや解らん娘やなあ、熱があるなら見送ったその日にお前をデートに誘って祝杯を挙げても良さそうなものを電話の報告だけか、何度も言うがそれは利用されてるだけとちゃうか」

　どうも社長にすれば昼食を張り込んだ割に、味気ない鹿能の報告と、この見返りのない出費に気落ちしたらしい。

十五

思いを寄せた人から何の便りもないと不安が募り季節は虚ろに過ぎてゆく。その想いに絡まれて意気消沈して仕事に励んでいると、そこへ若い女性が小野寺園芸店に一人でやって来た。彼女はご覧の通りニットのセーターにジーンズ姿の普通の格好で、入り口の花を愛でながら入ってきた。そこで奥で作業をする鹿能光輝の前まで来ると、その花の制作を暫く見ている。それに気付いた鹿能が手を止めてふと頭を上げると、そこに見ず知らずの女性が立っていた。彼は慌てていらっしゃいませと挨拶をすると、彼女もひょっこりと小首を傾げて、その花の組み合わせは素敵ねと挨拶代わりに言われた。

「師走に入るとクリスマスに花を贈る人が増えましてね、そのサンプル作りで出来次第に表の入り口横の目立つところに置いておくと結構注文が来ますから、今月の中頃を過ぎるとこの花作りに追われます」

「ウワー、それは大変、今から注文して間に合いますか？」

と彼女から慌てて訊ねられた。よく訊くと次の日曜日に必要だそうだ。何かの記念日ですかと訊ねた。驚くなかれ彼女の結婚式で、その花に似たようなブーケを造って欲しいと頼まれた。ほっそりとした小柄な女性ながら、割と物事をハッキリさせる。その強い意志がそのしなやかな髪と反比例して、穏やかな喋り方の中で言葉の端々に感じられる。

名前を聞くと早坂千鶴《はやさかちづる》と言われた。花のイメージ造りに早速挙式や披露宴の様子を更に詳しく尋ねた。そこでお相手は世界を駆け巡る商社マンだと聞かされる。

「じゃあ結婚すればあなたもご一緒に赴任されるんですか」

それも彼女が見合いで決めた楽しみのひとつらしい。一年ほど前に見合いして気に入って決めた。矢張り相手の飾らぬ人柄が最大の決め手らしい。彼女は相手の新郎や挙式、披露宴については語らず、出来上がったブーケは当日の朝に本人が店まで取りに来る手はずになった。

ともかく鹿能は早坂千鶴さんから伺った話を元に、彼女の気持ちに寄り添えるブーケを造り始めた。これを聞いた小野寺さんも、飛び込み客から発注されるとは大したもんだと鹿能の腕を見直したようだ。だが今は波多野家から頼まれた披露宴の飾り付けで忙しかった。注文はホテルからでなく、あくまでも新郎側の波多野家からの注文だから、店としては波多野家との個人的な打ち合わせになる。だからホテル側との交渉は全くなく、宴会全体の詳しい内容も知らされてない。

鹿能が受けたブーケも並行したが、店は特段関心を寄せなかった。しかし次第に早坂千鶴さんと打ち合わせをする内に、朧気ながら波多野家と同じホテルで挙式と披露宴をするところまで解った。それでも向こうが伏せていれば、こちら側から問い詰められずにそのまま続けられた。

鹿能にしても初めての大仕事に張り切ると、暫く連絡のない希未子さんを思いながら、そこに早坂千鶴さんを重ね合わせて造り出した。すると常に頭の中では、こうすれば良いだろうかと、希未子さんと頭の中で話しながらブーケ造りに励むと寂しさは吹っ飛ぶ。それどころか心にゆとりが生じてはかどった。

その一方で店の方は、波多野健司さんの披露宴の飾り付けは大まかに伺ったが、それを更に華やかになるように各テーブル席を飾る花を造っていた。これは殆どが電話で済ませていた。この様に波多野健司氏の依頼と早坂千鶴さんのブーケは、それぞれ別々に、しかも片や店に対して、片やブーケは鹿能個人が受注して造っている。だから此のふたつの注文品は店の者も、これは別々の場所で挙式か披露宴で使われる花だと、みんなは疑う余地はなかった。

料金受取人払郵便

新宿局承認

2523

差出有効期間
2025年3月
31日まで
(切手不要)

郵便はがき

1 6 0-8 7 9 1

1 4 1

東京都新宿区新宿1－10－1

(株)文芸社

愛読者カード係 行

お名前《ふりがな》		明治 大正 昭和 平成 年生 歳	
ご住所《ふりがな》	□□□-□□□□		性別 男・女
お電話 番 号	(書籍ご注文の際に必要です)	ご職業	
E-mail			
ご購読雑誌(複数可)		ご購読新聞 新聞	

最近読んでおもしろかった本や今後、とりあげてほしいテーマをお教えください。

ご自分の研究成果や経験、お考え等を出版してみたいというお気持ちはありますか。

ある　ない　内容・テーマ(　　　)

現在完成した作品をお持ちですか。

ある　ない　ジャンル・原稿量(　　　)

書　名				
お買上 書　店	都道 府県	市区 郡	書店名	書店
			ご購入日	年　月　日

本書をどこでお知りになりましたか?

1.書店店頭　2.知人にすすめられて　3.インターネット(サイト名　　)

4.DMハガキ　5.広告、記事を見て(新聞、雑誌名　　)

上の質問に関連して、ご購入の決め手となったのは?

1.タイトル　2.著者　3.内容　4.カバーデザイン　5.帯

その他ご自由にお書きください。

(　　)

本書についてのご意見、ご感想をお聞かせください。

①内容について

②カバー、タイトル、帯について

弊社Webサイトからもご意見、ご感想をお寄せいただけます。

ご協力ありがとうございました。

※お寄せいただいたご意見、ご感想は新聞広告等で匿名にて使わせていただくことがあります。

※お客様の個人情報は、小社からの連絡のみに使用します。社外に提供することは一切ありません。

■書籍のご注文は、お近くの書店または、ブックサービス(0120-29-9625)、セブンネットショッピング(http://7net.omni7.jp/)にお申し込み下さい。

この日は依頼者の要求に応えて最後の打ち合わせに本人、即《すなわ》ち波多野健司と妹が店にやって来た。これには小野寺社長が自《みずか》ら作った花を見せて、見栄えは如何《いかが》といちいち二人に確かめていた。その傍《かたわ》らで鹿能も色鉛筆を使ってデッサンしながら作ったブーケの見本を、早坂千鶴さんの来店時に見せるために、店の片隅に立てていた。それを見付けた希未子が、まあ作りかけのようだけど、素敵な花束になるのねと見詰めていた。

「これは別の場所での式に使われるブーケですけれど、お気に召していればこれと似たような物を造りましょうか」

と小野寺は二人に相談して直ぐに鹿能を呼び出した。奥から出てきた鹿能は、新郎だけかと思っていたのが、希未子さんも一緒だと知り俄然張り切りだした。

希未子さんは顔を見合わせるなり、空港へは兄だけが見送る予定だったのに、急遽父にせっつかれて早朝から同行したお陰で風邪を引いたらしいと解った。

「それはそれは、いえね、あれから店へお越しいただけなくて電話での打ち合わせばかりでしたから、鹿能共々私達は気掛かりでしたが、まあお元気になられてようございましたね」

と社長にすれば舌を噛みそうな口上に、鹿能は内心吹き出しそうだった。小野寺は希未子への話を終えると、直ぐ鹿能にあのブーケの仕上がり具合を訊ねた。さっそく鹿能はこのブーケはもうほぼ出来上がっていて、実際に絵と重ね合わせて説明した。そしてこれはお兄さんと同じ明日使われるブーケだとも言った。

「矢っ張りあたしが見込んだとおり、良い感覚の持ち主でしょう」

と希未子は兄に今一度、鹿能を持ち上げた。

「処でこのブーケを頼まれた花嫁さんは、あなたに依頼してさぞかし良い式が出来そうで羨ましい、ねえお兄さん、会ってみたいけれど同じ日に挙式されるんだから無理だわねぇ」

「いや、もう直ぐ依頼した花嫁さんが、アッ、来られました」

十六

鹿能が示唆《しさ》した方へ皆は釣られて見ると、そこに一人の女性が入り口から颯爽とやって来た。これを見た波多野兄妹は唖然として見詰める。この二人の反応に小野寺と鹿能は、それ以上に反応する。そして千鶴、如何《どう》したと健司が驚きの声を上げると、これまたそれ以上に店の二人は驚いた。遂にたまりかねて小野寺さんが、どうなってるんでっしゃろうと声を掛けた。それはこっちが聞きたい、とばかりに、希未子さんはこのブーケを頼んだのは千鶴さん？　と不思議な顔をされるに及んで説明を求められた。

「ばれてしまったか」

と当の千鶴さんはひょうきんな顔をする。

「お前、ここで結婚式の花を頼んだんか」と言えば「健司さんこそ、ここでお花の飾り付けを頼んでいるの」と二人はちぐはぐな対応に終始するから、周囲は益々こんがらかってくる。そしてこの二人が顔を見合わせて笑い出すと、希未子さんがそう言うことか、とお互いに今度の式でサプライズとしてやっていたなんて、可笑しな組み合わせねと笑いの輪に入る。この頃になると小野寺も鹿能もどうにか解らんなりにも、この雰囲気からこの三人の話を漸《ようや》く汲み取れた。

「つまりこう言う事ですか。早坂さんは波多野健司さんの花嫁さんで今度の結婚披露に当たって二人は別々に内の店で花を頼んだっちゅうことですか」

早坂はいたずらっぽい眼差しで頷いて見せた。

この人がその花嫁さんですか、と小野寺はいささか拍子抜けした。鹿能にすれば器量はともかく、この花嫁さんには小姑となる希未子さんとは、十分に張り合えると思った。その希未子さんは、ぐうたらな兄に輪を掛けたような花嫁に、あの家の切り盛りを託す両親も両親だと、この花嫁を間近に見れば面白くなったらしい。そこで希未子さんは「お昼の時間に素敵なブーケを作って頂いた鹿能さんに感謝の意味を込めて、これから食事をご一緒しませんか」と鹿能だけが昼食に誘われた。

これには社長の小野寺は、しゃあないやっちゃ、とそろそろそんな時間だから行ってこいと送り出してくれた。

新郎の健司に至っては、明日からずっと傍に居る花嫁を今更誘う必要が何処にあるか、と言う顔をされてしまった。そんな兄を完全に変えてくれそうだから、おじいちゃんはこの人を孫息子の花嫁候補に指定したらしい。しかもこの婚礼は延期するなと遺言までした処を見ると、余程に兄の自由気ままな性格が、三代目にして会社がいらぬ憂き目に遭うのを恐れた証拠かも知れない。

「ねえ、お兄さん。せっかく千鶴さんを誘ったのだから、あのホテルで食事なんてどうかしら」

この希未子の提案に、どうして明日式を挙げるホテルでわざわざ食事するんだと言われた。

「だって同じホテルだと、明日の宴会のフルコースと今日の昼食との料理と味の違いを知るのも良いと思ったからよ」

だが兄に言わすと、同じコックでも値段と格式が違うから、掛ける手間暇も違って当然だろうと言うと、希未子は尚更その違いをこの舌で味わってみたいと言い出す。するとと千鶴さんまで、面白いわよと未来の夫を誘惑した。この嫁とこの小姑かと鹿能が言えば、あたしはお兄さんからすればまだ妹ですよと念を押された。こうなると結婚予定のない鹿能さんが羨ましい、と冗談にもみんなの前で言えるこのカップルが逆に鹿能には羨ましかった。

そんな訳で希未子の提案通り明日挙式するホテルのレストランに入った。流石にこの前に小野寺社長と食べた昼食とはかなり違っている。まあ明日の披露宴の料理と食べ比べるのだから、そこそこのライバル意識を持った料理を注文した。フルコースではないがそれでもデザートと珈琲が付いていた。

「まだ身内でないから密葬には呼べなかったのに、千鶴さんはあの花屋さんをどうして見つけたんですか」

希未子さんは本当に偶然なのかと知りたかったらしい。お店の玄関脇に置かれた素敵な花束に惹かれただけだと、それでも千鶴さんは強調している。そこで健司が、妹はあの花に相当いかれていると言い出したから、綺麗なものは綺麗で何処が悪いのよと訂正させた。これには千鶴さんも同調して二人で健司さんは責め立てられた。

「おいおい俺が言ったのはそういう意味じゃあないだろう、二人ともどうかしているぜ」

と彼はまだ自由の身である鹿能に、これからはこの二人に責められるのも満更でもないと見せ付けている。それは結婚は人生の墓場だと言うやからへの警告だと受け止めてくれとも言っている。その憎めない笑顔を湛えているのは千鶴さんへの愛の証にも見える。

もし俺が平凡な大学生活を続けていれば、親父はもっとお堅い処のお嬢さんを見合いの相手にしただろうが祖父は違った。大体俺は大学時代から国内で旅をするのが好きだった。今から思えばそれで逆に祖父に嗾《けしか》けられたようだ。そうとは知らずに自分ではやりたい放題遣ったつもりだったが、まんまと祖父の術中に嵌《は》まった。というかまあ嵌められたのだろうなあ、そしてそれに終止符を打たすように祖父に紹介されたのが、明日式を挙げる千鶴だよ。最後に俺はこの結婚は人生の墓場じゃない、むしろその逆で、新たな人生を求めれば何もない荒野を目指して足を踏み入れるから、墓場どころか轍《わだち》を見つけた様なものなんだ。

「あなたにとって結婚は、その轍に足を踏み入れる事なんですか」

と千鶴は物怖《ものお》じせずに真面に訊ねてくる。

まあなあ、と彼は殆ど平らげた料理を前にして「伴侶を選ぶ、決める秘訣は想い出を何処まで共有出来るかだ」と健司は言ってくれた。

ホテルでの昼食を終えると健司は千鶴さんに、せっかくのサプライズがダメになったなあと花嫁を労《ねぎら》っている。それに応えるように花嫁は、今日の演説で十分貴方を堪能できて、今日の予期せぬ出会いが、良いサプライズになったと言ってくれた。

十七

波多野家と早坂家が挙式した後は、小野寺園芸店では大口の注文は無く、店頭販売のみになり、これには小野寺さんもいささか拍子抜けしている。それでも師走の花屋はこんなもんだと腰を据えていた。

挙式した二人は、そのまま新婚旅行に旅立っている。行き先は無論北欧だ。それは言わずと知れた片瀬井津治への陣中見舞いを健司は兼ねている。恋に落ち込む片瀬にすれば、それで新婚旅行に来られてはたまったもんじゃない。しかしそれを曖《おくび》にも出さぬ処を千鶴さんに小突かれて、片瀬は本音をこっそりと吐かされたらしい。そんな話を希未子さんは喋りたくて今日は店にやって来た。

それによるとヘルシンキへ着くなり、健司は千鶴さんを伴って出迎えてくれた片瀬に案内された。俺は遊びだがお前は仕事だ。余計な事をするなと一喝すれば、クリスマス休暇を控えて、もう向こうは仕事どころじゃあないらしい。本格的な商談の再開は年明け早々で、締結するのは更に先らしいと言われて気が抜けてしまった。年末年始を海外で仕事をしていない健司には習慣の違いにウンザリしている。

そんな三人三様の本音はさて置き、結構あの三人は今頃はノンビリと北欧の旅を愉しんでいるらしい。応接セットに座りながら話す希未子さんを、傍で聞いていた小野寺さんも「もう昼休みやさかい昼食がてら続きを訊いたらどうや」と昼休みにしてくれた。この気の使いように希未子さんは小野寺さんに感謝した。

表へ出ると鹿能は彼女の耳元で「本葬でもお別れ会でも良いが会場全体を花で埋める受注を小野寺さんは楽しみにしている」と呟いた。だからその繋ぎ役として鹿能は小野寺社長から今の処は重宝されている。それを希未子さんも察して、今の処は直接店まで遊びがてらに寄ってきてくれる。おそらく波多野家では昼間は祖母とお手伝いさんの紀子《のりこ》さんの二人だけらしい。それでここ暫くは希未子さんは、誰からも気兼ねなく出掛けているようだ。今日、彼女がやって来たのは、先日の片瀬の送別会ではもう少し頑張ってもらわないといけなかったと言いたいようだ。

鹿能にはあれで片瀬には釘を刺したつもりでも、希未子さんによると不発だったようだ。彼女は次の日の見送りでは、片瀬は懲りずに相変わらず、帰国を愉しみにしているのがありありと感じたからだ。

今頃は兄も一緒になってあたしに対して、もっと積極的にアピールするように唆《けしか》けているのが目に見えてる。そうなると居ても立ってても居られずにこの花屋に足が向いてしまった。

ここまで希未子さんが説明した処で、小綺麗な洋食店を見つけて、ちょっと寄りましょうと引きずり込まれた。店に入りテーブル席に着くなり、彼女は空腹でもないのに、ボリューム感のある物を頼んだ。そこで彼女は咀嚼しながらも意外と、この前に招いた席では片瀬との顔繋ぎで喋り足りなかった話を歯に衣着《きぬき》せずにそのまま言ってくる。

片瀬も向こうでは矢張り外国人を相手に話し始めると、そんな遠回しな言葉より思ったことを直接言うらしい。それで今は海の向こうで兄と二人で作戦を立てているらしい。それを千鶴さんはあたしの味方になって報せてくれた。

　空港までのお見送りでは、あたしはお父さんの期待には応えず、もっぱら千鶴さんと話し込んでいた。希未子さんの話では、あの人は結構面白い人だと言われたが、店にブーケを頼みに来た時は、そんな素振りは一度も見せなかった。

「それはあくまでもブーケの注文に徹していたからで、あなたと話し込むためじゃないし、それで気に入る花が出来ればいいのでしょう」

　と事務的に言われれば、これ以上は千鶴さんに対しての評価は出来ない。

「それじゃあ希未子さんは一年前にお兄さんと見合いした千鶴さんとは、いつ頃からそんな話が出来たんですか？」

「ごく最近よ」

　どうやらゆっくり会ったのはここ数ヶ月で、それも我が家に連れてきて両親と祖母を紹介された時らしい。だから千鶴さんをよく知っているのは亡くなったおじいちゃんで、次がお兄さんぐらいだ。それで挙式前日の昼食で、あれだけお喋り出来るから、かなり気さくな人柄らしい。

「それでお兄さん夫婦は新婚旅行からいつ帰ってくるんですか」

「十日ぐらいかしら」

ぐらいとは、そんないい加減な新婚旅行があるのか、しかも海外で、まさか飛び込みで宿を探すわけでもないだろうに、と鹿能は首を傾げたくなる。

「じゃあ後二、三日ですか。今頃はどの辺りだろう」

「フランスへ行ってるはずです」

「じゃあもう片瀬さんとは別れて二人ノンビリと観光ですね」

それが片瀬も付いてきている、と千鶴さんから知らせが入っている。セーヌ川やルーブル美術館にモンマルトルの丘、と必ず案内者として片瀬が居るから、彼女はウンザリしているらしい。どうも仕事の方は先方ではクリスマス休暇に入って、片瀬も手持ち無沙汰らしいけれど、兄はそこまで計算に入れて旅行の手配を片瀬に任せていた。お陰で千鶴さんは益々この計画を壊す段取りに肩入れし始めて、あたしに情報を伝えている。だから今度こそあなたは真っ正面から片瀬に打ち勝って欲しい、勿論体力でなく頭を使ってあいつをギャフンと、ついでに兄も引きずり込んでやれば気分がスカッとしてくる。今度は千鶴さんも遅れながらも援護射撃を惜しまぬから、どうしてもあなたに頑張ってもらいたい。

「それは希未子さんからの僕に対する気持ちだと受け取って良いんですか」

「それはあなたのご都合の良いように解釈して頂戴」

と見事に躱された。

十八

欧州からの直行便が関空に到着する予定日に、鹿能は休みを取って希未子と空港で待機させられた。そして千鶴さんとは出来るだけ会うように仕向けられて、空港まで迎えに来させられたのだ。

希未子さんとは京都駅前の空港行きバス停で落ち合って、お兄さんを迎えに行く事になったが、それより千鶴さんに会うのがほぼ目的になるようだ。これからは如何《どう》してもこの人があなたには必要になると教え込まれた。

バスに乗るとさっそく千鶴さんからのクリスマスカードを見せてもらった。

——パリの街も賑わっているけれど、矢張りクリスマス気分が充実出来るのは北欧でしょうか、雰囲気が違ってます。いかにもあのトナカイとソリがこの風景の中に溶け込んでクリスマスムードを引き立てる。とてもパリではこの幻想的な気分にはなれませんでした。と、千鶴さんからの便りを拝見した。

「なるほど絵葉書は北欧で買ってパリで出したんですか」

「そうらしいから、二人は今はこのメールを追いかけるようにこっちへ向かっているでしょう」

今、彼女はこっちへ向かっているが、それが兄一人なら何も迎えに行くことはないだろう。家で待っていればほっといても帰ってくる。だけど彼女もいるから希未子さんは鹿能を誘って行くことにした。それはバスに乗ってから解った。

彼女はクリスマスカード以外にも何通かの電話もしている。ただ時差があり過ぎて長話は出来ない。それと矢張り新婚旅行中なので、どちら側からでもなく早めに切っている。

海外勤務で何度か出掛ける兄には一度も電話は掛けない。もっぱら会社の人からの業務連絡ばかりで、たまには妹でも構わないから、兄には殺風景な海外勤務の気晴しになるのだが。恋人がいれば妹より尚更その方が良いが、何しろ見合いをするまで女気はゼロだった。それもそのはずで、放浪人生に彼女が出来るわけがない。そんな兄だからあたしが旅の途中で、花嫁に電話をよく入れると気に入らない。

「それは千鶴さんから聞いたのですか」

「そうよ、でも今から千鶴にそんな癖を付けないでくれと兄はぼやいているのよ」

「電話魔ですか、海外だからでしょう。こっちに居れば何時《いつ》でも会えるでしょうが、それより新婚生活の新居は今の家なんでしょうか、それともマンションでも借りてるんですか」

「兄はそんな高給取りじゃないから当分は今の家から出られないわね。今まで放浪していた者にそんなマンションなんか宛てがうはずがないでしょう。まだ入社して二年そこそこで、もう少し甲斐性持ちになるまでは無理よ」

商社マンは信用が第一で、それには長い商取引を積まないと、まだ駆け出しの兄には無理だという。なら片瀬さんも似たようなものじゃないかと問えば。彼は大学時代は兄のように遊び回っていなくて、色んなバイトを熟《こな》して社会勉強を積んでいる。だからおじいちゃんの目に留まった人なので、そこが兄とは違っていた。

「だからこそ心細い海外で身内の励ましの言葉が欲しかったのでは……」

と鹿能はお兄さんの本音を代弁した。

「よく言うわよ、散々世界中を放浪していた者がどの口が言うか」

自由奔放に今まで生きてきた男が、親の会社に収まり。はいこれから親の後を継ぐなんて虫が良すぎる。祖父はそんなつもりで遊ばせたのではない。商社マンとしての心構え、基礎をしっかりと身に付けさせるためだ。それを兄は何処まで理解できるかが千鶴さんに掛かっている。それが祖父総一の考え方で、祖父の育て方を兄は実践できるのか、その出発点に立たされているのだ。それから見ると片瀬の方が、祖父の気持ちに幾らかでも寄り添っている。

こう語る希未子さんは、片瀬さんとお兄さんでは、一体どっちの味方なんだろうと思う尻から否定された。

「でも誤解のないように言っときますけれど、それと人間性とは別問題です。確かに片瀬は早くから社会に揉まれてそれをすり抜ける術《すべ》を身に付けたけれど、兄はその逆で苦労知らずのボンボン育ちで放浪人生を嗜《たしな》んでいただけですから」

言い換えれば人間の本質を掴んでいるのは兄の方だと言い切った。

「だからあなたはこの二人を俯瞰《ふかん》して見られる唯一の人なんです」

ハイ、そうですかと真面に受け入れるわけにはいかない。なんせこの人は一見破天荒で投げやり的に見えても、その本質に於いては、おそらく自立を促し、その先は自《みずか》ら考えろ、と鹿能には勝手に解釈するしかない。

空港へ向かうバスの中で希未子さんは、支離滅裂に見えても本質を鋭く突いている。それだけに意味深長に聞き入れないと、後で厄介な問題に引きずり込まれてしまう。でもそれだけ男心を引き寄せる器量を、この人は備えているから余計に動揺させられる。

年の瀬に空港展望台から眺める多くの人は、これから海外で愉しむ人を見送る中で、希未子と鹿能はその逆だった。海外から帰国する者を待っているのだ。

遙か遠い空から見えた一点の黒点が、次第に飛行機の形を整えてくる。時間的に見てあの飛行機だと察すると、希未子は到着ゲートに向かいだした。コートを羽織っていても此処は吹き曝《さら》しだから、これはありがたく、早速誘いに乗って長居は無用とサッサと中へ入った。

エスカレーターで降りると、今度はロビーの全面硝子から、飛行機が着陸して誘導路からゲート前に横付けされたのを待って到着ゲートで二人を迎えた。

兄は少々疲れ気味だったが、千鶴さんは希未子さんとの電話の遣り取りが効いたのか、元気そうにスーツケースをひっさげて空港を出た。

十九

新婚帰りの兄は当然タクシーで家に帰るもんだと思っていたが、希未子は二人を空港バス乗り場に案内した。何だこれは、と呟くと十日分の旅行の疲れがそこで一気に噴き出した。兄は愁眉を開くどころか、新妻の顔をじっくり眺めてから、何だこれは、ともう一度妹に、今度はハッキリ聞こえるように、罵声に近い言葉を浴びせた。それでも馬の耳に念仏がごとく、妹は二人を急かしてバスに乗り込ませた。

四人は通路を挟んで座った。どう言う訳か兄妹は離れて反対の窓側の席に座っている。余程に兄はこの仕打ちが気に入らないのだろうが、妹は当然という顔をしていた。困惑したのは通路を挟んで座った鹿能と千鶴さんだろうか。そんな乗客を乗せたままに、空港バスは直ぐに高速道路を何事もなく突っ走りだした。自然と通路を挟んだ二人が、この場を繕《つくろ》うように喋り始める。

此処で話題になるのは、矢張り欧州旅行の印象だろうか。それを鹿能が先ず聞き出した。これに千鶴さんが快活に応えてくれる。これでこの場はお通夜にならずに済んだと鹿能は一息吐けた。後は両脇の兄妹が話に乗ってくれれば、迎えに来た甲斐も有るというものだ。それは意外なほど早く訪れた。即ちバスが高速に乗って豊中のインターを過ぎた辺りからだ。

先ず千鶴さんが片瀬に付いて、あの人は観光案内を買って出てくれたのはありがたいけれど、あたしたちは一生に一度の新婚旅行なのよ。それが気の利かないのか、わざとなのか、全く感じられず、二人っきりに一度もしてくれなかった。お陰でホテルへ帰ってホッとしたのも束の間。また夜が明ければあの男から畏《かしこ》まって挨拶されて、朝食から今日の都合を聞かれた。パリで帰国の途に就いてホッとしても、窓からまだあの男が見送っているのよ。

　これには兄が弁護し始めた。俺はともかく妻は初めての異国だ。心細い思いをさせないという彼独特の一流の心遣いなんだ。と一応は片瀬の肩を持った。まあ商談を終えれば帰ってくる。そうすればしょっちゅうお前とは顔を合わすかも知れん相手だ。これで良い顔繋ぎが出来たと思えば良いだろう。

「良くないわよ。こんな新婚旅行なんてもう最低」

　と千鶴さんは言葉とは裏腹に笑っている。それに気を良くして、やっと両端の兄妹も口をほころび始める。

「お兄さん、片瀬さんはどうしてまた国内勤務に戻したのかしら？」

「それが亡き会長の最後の伝言だからだ。社長の親父は取り敢えずはそうしたいのだろう」

「じゃあ頃合いを見て、また海外勤務に戻すって事も無きにしもあらずって事とでしょう」

それは誰も解らないらしい。その鍵を握っているのが、どうも希未子さんらしいのは解る。それを何処までも棚に上げて話を進めるところがどうも胡散臭い。しかし新婚の千鶴さんには新鮮な話に聞こえて、色々と片瀬の処遇に付いては口を挟まれた。お陰で話はかなりあやふやになってくる。これには希未子さんも成り行きをハッキリさせようとする。

「もうおじいちゃんは亡くなったのだから、その話がまだ残っているのは可怪《おか》しいでしょう」

「だが片瀬にすればそうはいかないだろう」

片瀬は祖父が招いた男であって、この男には孫娘が打って付けだと決めつけている。亡くなった今は、誰がその意志を受け継ごうとするのか。息子である総一郎は、その娘には手を焼いている。残るは兄しかいない。その兄も身を固めて独り立ちすべく、これから動き出す。そんな会社にとっては片瀬は必要な男だった。彼が入り婿になれば兄はどんなにやり易いかも知れないと思っているだろう。だがそれに叛旗《はんき》を翻《ひるがえ》して立ち向かってくれる人が、今あたしの隣に居てくれている。そう思えるのは希未子一人かも知れない。鹿能にそれだけの実力が備わっていると、幻想を抱き続けているのは希未子一人だけかも知れない。でも元々恋は幻想なのだ。その思い込みが終生変わらぬまま抱き続けられるかに掛かっている。その理屈からすれば、新婚帰りのこの二人は当てはまらないのか。と思う間もなく千鶴は、通路を挟んだ我々から背《そむ》けるように窓辺に居る夫に向き直った。健司も車窓から隣に居る妻に向き直して頬を崩している。

二人はやっと新婚で付き纏《まと》われた片瀬からの呪縛に目覚めたようだ。良かれと思った夫の配慮がこの旅行をその記念に値するものから剥奪していたものを、ようやく二人は取り戻したようだ。それを確かめるように希未子が鹿能に、これで片瀬の役目は終わったのよ、とそっと耳元で囁かれた時には、彼はその意味を察し切れなかった。ましてその意味さえ聞き糺《ただ》せるものでもなかった。希未子のキッとした瞳が、聞くなと物語っているようだ。今の彼にそれを踏み越える自信が無かったのも確かだが、それでも敢えて彼女の心に添う為に鹿能は訊ねた。

「片瀬はなぜそこまでして、新婚の二人に付き纏《まと》ったのですか」

冷笑されるかと思いきや、この時に彼女が見せた微笑は美しかった。

「あの人は誇りを取り戻したのです」

それはあたしへの恋を今一度取り戻そうとする誇りに他ならない。そんな片瀬を滑稽にも馬鹿馬鹿しいとは思わないまでも、彼女の心には鹿能への強い思い入れがあるらしく、今より一層あたしを大切にして欲しいと鹿能に望んでいるようだ。

通路を挟んだ向こうでは、先ほどまでの陰険な空気は一掃されて笑い声さえ漂ってくる。矢張りこの夫婦はどんな状況下でも、自然と縒《よ》りを戻す術《すべ》を心得ているのが不思議だ。そこから更に不思議なのは、一体この夫婦は新婚旅行では、片瀬とどんな風な遣り取りをしたのか気になる。

空港バスは新たな局面を乗せたまま、希未子の家へ向けて走り続けている。

二十

祖父が亡くなってゴタゴタしていたが、やっと息子の結婚式も終わり一息吐けた。そこで今一度、娘の希未子に、父は祖父の考えを実行したいと迫る。父は祖父のやり遺したものをすっきりと片付けてから、本格的に葬儀を施行するつもりだ。そのためには娘を手懐《てなず》ける必要があるが自信はない。そこで祖父には恩義があるはずの息子に頼るしか無かったが、幸い嫁も息子には良く靡《なび》いている。これで息子共々に協力者がもう一人増えたのが心強い。

新婚旅行から帰国した息子夫婦は一番奥の祖父が使っていた十二畳の居間が当てがわれた。この部屋は玄関から庭に面した長い廊下伝いに他の部屋を通れずに行ける。そこを息子夫婦の新居にさせた。

食事は昔から玄関を入って直ぐの、システムキッチンが併設された洋室で、皆一緒に摂るのが祖父からの習わしだ。この部屋の隣に有る四畳半ほどの洋室には紀子《のりこ》さんが休憩しながら此処で常備待機していた。

希未子の部屋は玄関から庭とは反対方向にあるが、時々は庭に面した食堂隣のリビングルームで寛いでいる。此処は弟の剛《つよし》の部屋だったが、金沢へ籠もってから皆が顔を寄せる場所になって仕舞った。まあ気に入らなければ自室に籠もれば良いだけだ。

会長が亡くなってからこのひと月は、会長の仕事も熟《こな》さないとまずいから、父の総一郎の帰宅は遅くなる。紀子さんに申し訳ないから、妻に食事の世話をしてもらう。そんな訳で中々娘とは顔を合わせられなかった。しかし息子夫婦から娘の情報は仕入れている。特に新婚の千鶴さんとは、お互い気を遣《つか》わすところもあるが、初々しさから気分は良好だ。この人が祖父が遺してくれた貴重な遺産と言えるかも知れない。

先ず帰りが遅くなっても、まあ息子も遅いからとにかく紀子さんが帰った後は、妻が引き受けてくれる。これも当てにならないときは千鶴さんが用意してくれる。

食後は併用されたリビングのソファーで、低いガラスのテーブルにグラスを置いて寛ぐ。手持ち無沙汰な時は、決まって千鶴さんが肴を用意してくれる。流石は祖父が目を掛けただけはあると、余計な感心をしてしまう。

この日は息子は出張で、社長の総一郎が先に帰宅した。勿論賄いの紀子さんは帰って妻は頭が痛いと部屋に籠もると、夕食から酒の肴まで用意してくれた。無論息子が帰ってくるまでと承知して二人で話し込む。話題は娘の希未子の事だ。意外と彼女は娘に関して昔はともかく、最近の様子はよく知っており、これには驚かされた。

「千鶴さんはいつから内の娘と仲がいいんだ。確か息子と見合いしたのは随分前だが、娘の希未子と会ったのは最近だろう」

「そうね、それまでお顔は見てましたけれど、身近に接してお話ししたのは今月初め頃かしら」

「じゃあ息子の結婚式のちょっと前か」

「そう、前日にあの花屋さんに寄りましたら偶然バッタリ本当に偶然に希未子さんに出会ってしまいました」

お顔は幾度か家に寄らせてもらって見ていても、いつも挨拶程度に言葉を掛けるだけだ。何故《なぜ》ならいつもあの家に招かれるときは、会長さんからのご用ですから、他の人とは無用な立ち話は控えるようにしていました。だからあの花屋さんで会った時は、以前から関心があってその思いが積もり積もっていましたから、どちらともなく交互に喋り出すと、傍に居た健司さんまでが呆然とあたし達の話の成り行きを見ていました。

「そうだったのか、いや別に親父はいや、亡くなった会長はそんないちいち私語を慎むような人じゃないがなあ。まあ色々と要件があって家族との会話を控えさせたんだろう」

「でも行く度《たび》に会長さん以外と話し込んだら、何しにあたしを呼んだか解らなくなって仕舞うからでしょうね」

「そうなると会長の要件が滞《とどこお》ったかも知れんなあ」

まあともかく短期間にそこまで娘と気脈が通じれば、これ幸いと娘も年頃になると中々男親には本音を見せないからと膝を乗り出してきた。

「先ずは向こうでは片瀬君とはよく話し込んだのだろう」

「それはもう、何処へ行くにもお水一杯飲むにも片瀬さんは世話を焼いて下さって大変有意義に過ごせました」

と半分は嫌みタップリなのには苦笑した。

「その片瀬君だが、娘のことはなんか言ってなかったか」

「別に聞かれませんけれど。ただ鹿能さんについては根掘り葉掘り聞かれました」

「そうか、それはあの片瀬を見送るために開いた会で初めて顔を合わせたらしいから、それで知りたがっているんだろう」

「そうですね。そんな時間は殆ど無かったと言ってましたよ。着いたと思ったら直ぐにまた海外へ戻されたそうですね」

「そうだろうなあ、彼にはそれどころじゃあないから、希未子の奴はそのどさくさ紛れに片瀬をぎゃふんと言わせる為だけに鹿能とかいう男を会わせたんだろう。片瀬にすれば何の予備知識も無く希未子から紹介されても何も言えんだろうなあ」

「そうですね、片瀬さんはあたし達の接待旅行中は頭から離れなかったのではと思えるほど、片瀬さんは堅物だったのはその所為《せい》だったんですか」

「そうか、それほど目障りだったか」

「いいえ、目障りだなんて。ただもう少しそっとして貰えれば旅の印象も変わってもっと沢山のヨーロッパの想い出も残ったものですから」

「そりゃあそうだろう、四六時中付き纏《まと》われれば、パリもへっちゃくれも無いだろうなあ。そうなるとセーヌ川も淀川もごっちゃになってしまうだろう」

と総一郎は笑いながら話を茶化した。

「そこまで比喩出来ませんが、パリの印象は薄れてしまいました」

と千鶴さんは困り果てた。

二十一

そこへ夫の健司が帰宅してくれた。彼は遅くなると新妻に気を遣って夕食を途中で済ませたらしい。それでリビングルームのお父さんと一緒に「何だ新婚旅行の話か」とお酒を付き合ってくれた。

夫も新婚旅行での片瀬が、甲斐甲斐しく世話をしてくれたが、その行き過ぎもフォローしながら上手く盛り立ててくれた。

妻と違って夫は片瀬とは同期入社で、それこそ事務机を並べる間柄だけに、片瀬の気心を痛いほど理解しているらしい。あれ程旅先で付き纏《まと》われても、小言どころか嫌みのひとつも溢さず、労《ねぎら》いの言葉さえ掛けていた。それは会社での部下や同僚とは違った趣がそこに感じられる。

「お父さん、会長である祖父が亡くなってソロソロ四十九日も過ぎようとしてますから、常務から社葬を考えないといけないと言われましたがもう決めているんですか」

そうか、と父は言ったきり別な事を考えていたようだ。千鶴が言うには、どうも親父は向こうでの片瀬の様子を知りたがっていたらしい。それで親父の頭には会長の本葬より希未子で頭を痛めているらしい。

「それは希未子次第ですから、親父が関わってもしゃあないでしょう」

「私にはよく解りませんが、希未子さんと鹿能さんとは親しいんでしょう。それを掻き回すより成り行きに任せた方が、後々スッキリするような気が、私にはするんですけれど」

と息子夫婦の勧告を聞いても、祖父で会長であった意向を、親父はどう取り扱うかで悩んでいるようだ。

どうしてなの、と嫁いだばかりの千鶴さんには、理解の枠を超えて希未子さんと直接話し合わないのか、それほど敷居の高い人でもない気がする。一体お義父さんは希未子さんの何を怖れているのか、気さくに話せる千鶴さんには解らないようだ。

「お義父さんは希未子さんを何故《なぜ》か煙たがっているのかしら」

と夫に伺った。妹は、おじいちゃんによく懐いていたんだ。健司は、妹に頭を痛める父のほろ苦い顔に、眉を寄せながらも妻を差し置いて、直《じか》に父のコップにビールを注いだ。おじいちゃんには俺が今みたいに妹はビールを入れていたが、親父にはサッパリだったなあ。これには父も返す言葉が無いのか、ウンウンと黙って頷きながら呑んでいる。その姿を見てこの人は、会長であるおじいちゃんには頭が上がらず、会長から可愛がられた希未子さんにも同様なのか。そう思って夫を見ると頷いていた。妻も了解して小刻みに頷いて見せた。この一件でお義父さんの悩みを察したらしく、妻は此処でやっとあたし達の旅行中の片瀬さんについて夫に訊ねた。

「片瀬さんとは初めてだし、ねえ健司さん、あたし達の旅行中、片瀬さんは希未子さんの事で何か言ってませんでした？」

「そうだなあ、あいつも妹については会長任せの処が有るから、今回では親父同様どうして良いか結論がまだ出せてないから、俺と顔を合わせても何も言えんだろうなあ」

そうか、と父はひと言呟いて席を立った。その重い足取りが、まだ会長の本葬を決めかねている様子がありありと解る。

「どうだ千鶴、お前妹を此処へ呼んでこれないか」

そうね、それしか無いわね、と千鶴は呼びに行った。健司が一人グラスを傾けていると希未子は千鶴と共にやって来た。

「まだ寝るには早いからどうしてるかと思った。親父が此処を占拠してるから部屋に籠もったんだろう　親父もおじいちゃんの陰で目立たなかったが、これからはそうはいかなくなるぞ、お前もソロソロ俺と同じ様に身を固めろ。それをおじいちゃんが生前にお膳立てしてくれているだろう、どうしてそれに報《むく》いようとしないのか」

「相手に依るわよ」

「でも片瀬の何処《どこ》が気に入らないって、ハッキリと意識した訳ではないんだろう。今の処はあの仕事一点張りの雰囲気が受け入れられないのならどうすればいいか、やりようでは努力の甲斐もあるだろう。おじいちゃんの目に適った男なんだから」

「あの会社を将来背負って立つ人だとは思うけれど、それと恋とは、あたしの心の中では繋がらないのよ」

「そこがお前の良くないところだ。千鶴を見ろ、彼女は苦労してるだけに矢張り収入の乏しい男とは意気投合しても結婚には二の足を踏む。将来の生活を考えれば当然だろう」

「そうなの？」

「そうね、貧乏はしたくないわね、まあそれ以上の魅力があれば支えてあげるのも良いけれど。あたしの経験からするとそれはかなりの勇気がいるのよ。それに匹敵するだけの愛の重さが無いと飛び込めないけれど。でも鹿能さんは明日はどうなるか解らない、多分そんなところに希未子さんは惹かれているんでしょう、なら誰が説得しても無理ッ」

「おいおい千鶴、まだ結論を出すなよ」

「だってそう謂う人は、益々意固地になって終いには駆け落ちするわよ」

「おい脅かすなあー」

確かに千鶴の言う通り、妹は金の苦労を知らないから、そのありがたみも知らない。だから好きになれば人間味のない人との長い人生より、明日の考えも定まらないが人間味溢れる人との恋に駆ける。

片瀬も多分、鹿能も、今までの生活は楽ではなかったと思うが、そこで必死に現実の世界で十分な糧を求める者と、そうでなく僅かな糧だけで想像の世界に没頭してしまう者との差は、凡人並みに世間体も気になるが、それを無視するしかないんだろう。それで人の内面が磨かれる人と、外面を磨く人の違いが人間味となって表れる。その自己探求者に希未子は本当の恋を求めてしまう。このように健司が妹に理路整然と示しても、希未子は微動だに動揺しない。これに千鶴さんが素晴らしい恋だと絶賛すれば、この日の説得は水に流れた。

二十二

　翌朝、希未子さんは目が覚めると、いつものように何食わぬ顔をして、紀子さんが用意してくれた朝食のダイニングテーブルの席に座った。この頃にはおじいちゃんが座る席が、お父さんに替わったのに慣れてきた。あれから一つずつ席順が変わったが、気分は少しも変わっていない。父と兄は食べ終えると支度をする、紀子さんは後片付けに勤《いそ》しむ。祖母は直ぐに自室に籠もれば後は気楽なものだ。ダイニングと少し隔てたリビングのソファーで紀子さんとティータイムを過ごしていたが、この日から千鶴さんが増えて三人になった。そこで紀子さんが、あたしもそろそろお暇を告げられそうねと言うと、真っ先に千鶴さんが気にしだした。

「紀子さん、その心配はないわよ。その内に兄夫婦はどこかのマンションでも借りて引っ越すから」

「あらッ、そうなの千鶴さん」

これには紀子さん以上に慌てて、それは希未子さんの妄想です、と千鶴さんは火消しに躍起になった。

「だって此処で三世帯は無理でしょう」

「さあどうでしょう。あたしは此処に十年以上居ますけど、剛《つよし》さんは帰ってこないしその部屋は居間に成ってるし、その内に希未子さんも結婚されるでしょう。そうなれば健司さん夫婦でお子さんが増えてもこの家で大丈夫でしょう」

「そうなればその頃には紀子さんはどうするの」

「それならまだここに居ます。こちらから暇乞いは致しません」

これで紀子さんは何の心配も無いわけだが、今、問題になっているのが、希未子さんだろう。この問題は義祖父から義父へと受け継いでしまったからだ。それで昨夜は話したが、サッパリ溝は埋まらなかった。これに関しては夫の健司から、千鶴によろしくとまとめ役を押し付けられている。

「多分今頃は会社では会長の本葬について相談しているんだと思うけれど」

と千鶴さんが話し出した。どうやら会社の体面もあり、これ以上は日延べを避けたい。けれど年明け早々ともいかず中頃に落ち着くらしい。夫の話だと、これは会長に気に入られていた人に任せたそうだ。

「そうなの。それで祭壇を飾る花はどうするのでしょう」

それに関しては夫の健司から希未子さんに頼むらしい。どうやら兄はこれで片瀬の事で妹に貸しを作るようだ。

「でもあたしは気にする必要は無いと思う。昨夜も片瀬さんの将来の伴侶に付いて話したとおり、そこに何もよこしまな感情は入れなくても良いという事でしょう」

あの話について兄は、既存の価値観に囚われない。それは祖父も息子の総一郎にはないものを持っているとして兄を認めている。つまりそれは社内に於いて、自分を正当に誰が見ているかを知らないと始まらない。それには健司自身が人を見極める力を付けさせる為にも敢えて放浪させた。それで周囲の動向に耳を傾けて、部下となる人員も整理していたらしい。勿論そこに兄同様に片瀬さんも加えていたが、死の間際に会長からそのことを遺言された父の総一郎には、荷が重過ぎて、どう手を付けて良いのか解らないのが現状らしい。

「それじゃあ父は、おじいちゃんの本葬どころではないのね。祭壇のおじいちゃんに報告するものはまだ何も出そろってないからそれ処じゃないか」

希未子の思案に千鶴さんは、それでも信念は曲げるべきでない、と此処はあくまでも長い人生を見詰めて行動するように促した。でも破天荒な希未子さんなら、そんな考えは無用かも知れない。彼女はあたしの生きたいように生きると決めているらしい。それでも自分が求める幸せって何だろうと、真剣に考える時のために千鶴さんは付け加えたに過ぎない。

自由な考えには歯止めが無い。何処まででも広がろうとする思いが、暴走する前に止める必要が生じればそのメンテナンスが要るからだ。

「紀子さんは片瀬さんをどれぐらい知ってるのかしら？」

「このお屋敷での全てを任されていますから。一度来た客は忘れません。だけど片瀬さんは顔は見知って居るけれど、あの人はこの家には余り呼ばれないから、大抵は会長さんとご一緒に来られてそのまま一番奥の部屋へ行ってしまい、直ぐにお茶をお出しして引き下がると後は呼ばれません。そしてお帰りの時に一礼して行って仕舞うから、その僅かな動作だけではあの人の人柄は計りきれませんもの」

これには希未子も、紀子さんは仕事柄、一度来た客の癖や性格はいつも的確に捉えている。けれど片瀬に限っては捉えどころがないらしい。その第一の原因が会長と同行してくる者は会社関係の人が多い。だから必然と緊張してそこから大体の性格が解るけれど、片瀬は最初から自然体で表情にも乱れがなかった。

紀子さんも、あの人は会長の何なのと珍しく愚痴を溢していたぐらいだから。要するにあたしや兄には、本音を窺わせても、使用人である紀子さんには心を緩めない。これは彼が今までの経験で学んだ保身術なのだ。身に降りかかる相手でなければ自分を極力さらけ出さない。希未子はこの片瀬の性格を逆手に取って、片瀬という男には鹿能は打って付けと決めた。最初はそんな身勝手な閃きから鹿能に接したが、見知らぬ間に取り込まれてしまった。いや鹿能自身は、そんな彼女を取り込める要素は持ち合わせていない。それは勿論、希未子の方に有る。片瀬から逃れる術《すべ》をあれこれと鹿能に吹き込む内に彼女は魅入られてしまった。

頑として他人を寄せ付けぬ堅いガードと、気位の高さと器量の持ち主も、鹿能の孤高に満ちた性格を自分の追い求めている人と合致させると、いとも簡単に妄信の恋へと駆り立てた。そんな希未子さんの気性を千鶴さんは冷静に受け止めていた。

二十三

京大の裏手に当たる吉田神社近くに鹿能のアパートがある。そこから歩いて十五分ちょっとの所に小野寺園芸店があった。待たずにバスが来れば良いが、一本待つと歩いても変わらないから微妙な距離だ。そこへ年末年始の慌ただしさから逃れるように珍しく希未子さんがやって来た。皆が出掛けるのにあたしだけ家に居てつまらないから出てきたそうだ。それに家に居るとお父さんからうるさく言われるのにも少々気分を害した。第一に新婚帰りの二人がいるからこれも面白くないと、取って付けたような理由を並べられた。

それでよく此処が解ったと聞くと千鶴さんが教えたようだ。

「でもあの人は此処へ来た事はないでしょう」

「ないわよ。でもあなたが店を留守の時に小野寺さんが教えたらしいわよ」

「いつ」

「つい最近、披露宴に招待した友達があのブーケを見て凄く評判が良くて、それでお礼に伺った時に……」

あの日は俺は部屋に居なくて、ありがとうと云うメッセージが入っていた。ついでに希未子さんがピンチだから何とかしたげてって、とも書いてあったけどこれはどうなの。

「まあそれで来たんだけど、此処は殺風景だから。それに酸味の利いた珈琲を飲みたくなったから外へ行きましょう」

と訳の分からない理屈で誘われたが、外は寒かった。なんせ暖房は炬燵《こたつ》しかない部屋だ。

「だって正月だというのに此処は何にも無いんだもん」

「来ると解っていればなんか用意しておくのに」

それでも日差しがあるから良いか、と思ったが外は快晴でなかった。日差しは雲の切れ間から覗いているだけだ。それでダウンジャケットを羽織って外へ出て並んで歩き出した。

白川通に出れば、みんなは初詣に出て喫茶店は空いていた。そこでさっそく酸味の利いた珈琲を淹れてもらった。

どうやらお父さんは亡くなった会長の葬儀と、託された希未子さんへの遺言の狭間で苦労しているらしい。あたしの事はほっといても良いのに、律儀にもおじいちゃんの言い付けに沿うように奔走している。それが滑稽すぎてここまで来てしまったらしい。

「だって会社が休みでしょう。それでそんなお父さんが家の中をうろうろされれば鬱《うっ》陶《とう》しいから散歩に出たのよ」

「散歩って、タクシーで来たんじゃないんですか」

「途中まで歩いたのよ。近くまで来てあなたを思い浮かべたら拾っちゃったのよ」

「タクシーは初詣客を目当てに走っているのに、この近距離では運転手も災難だなあ」

「せっかく来てあげたのに、もう余計なことを考える人ね、嫌ならサッサと帰るわよ」

「せっかくタクシーまで飛ばして来たのにそれはないでしょう」

せっかくの旨い珈琲なのに、これでは何しに来たのか解らなくなる、と彼女はぼやくかと思えば急に話題を変えられた。

「それより忘れてた。あなたに良い知らせを持ってきたのよ」

「と言いますと……」

鹿能は慌てて身を乗り出した。

「勘違いしちゃあ困るけど、おじいちゃんの葬儀が決まったのよ。だから小野寺さんはこの報せをお待ちじゃないの」

「それだけで散歩に出るわけないでしょう、ましてタクシーまで使って、しかも松の内から可怪《おか》しい、いや怪しい」

「別に正月だから何処へ行こうと勝手でしょう」

「別にあなたはいつでも勝手だけど、それはそうと片瀬さんからは便りはあるんですか」

「それって真面《まとも》に聞いているの、火花を散らす相手なのに、そんな呑気に構えていて良いのッ」

しまった。まだ決着していないのか。そうだろうな片瀬と俺では世間体から言っても月とすっぽんの違いがある。確かに真面に訊ける相手でなく訂正した。

「それでいつ頃帰ってくるんですか」

「それより気になるのはおじいちゃんの葬儀ね、飾り付けは小野寺さんの処で飾ってあげてね十五日と決まったから」

「お父さんはもう片瀬さんの帰国を待たずに苦渋の決断をしたんですか」

「あいつが帰ってきても何も変わらないわよ」

という事は変えようとしない。変えたくないと思って差し支えないのか？

「じゃあ帰ってきても今まで通りですか」

「それはあなたのお好きなように、片瀬が変わればあたしの考えも何処まで変わるか解らないわよ」

と脅かされた。少し前なら効いたが、今のあなたにはあの片瀬へのハッタリが何処まで通じているか解らないから、正月早々からタクシーを飛ばしてまで鹿能の所へ来てしまった。

「それにおじいちゃんの葬儀の装飾は、あたしの口先で変えられるのですから」

と希未子さんはしっかりして、と脅すでもなく目を細めて透視するように見詰められた。何故《どこ》かいつもと違って、今日はその目が可愛く見えたから不思議なもんだ。

さっきまで晴れていたのが、急に陰り出すと雪がパラついてきた。

すると彼女は「まあ珍しいこんな処に燻《くすぶ》りたくはない」とプイッと片隅のレシートを取り上げるとサッサとレジへ向かった。鹿能は慌ててそのまま支払いの終えた希未子さんを追った。彼女は通りで降り注ぐ雪に向かって天を見上げている。

「どうしたんですか急に」

「この雪を見たら急に千鶴さんの故郷を想いだしたのよ」

どうやら千鶴さんは北国育ちだそうだ。それでこっちへ来たのは余り雪が積もらないから楽だと思ったらしい。その話を聞いておじいちゃんの初見とは違うから大笑いした。

どうも希未子さんの話を要約すると、北国育ちは我慢強く根性が据わっているから、ふらつく孫の健司には打って付けだと見合いをさせたらしい。後はおじいちゃんの手から離れて当人同士で話を決めた。だから今思えばおじいちゃんのは当て外れも良いとこだ。

「今頃は草葉の陰で大笑いしているわよ」

と希未子さんは面白おかしく語りながら、天から降る雪を両手で受け止めていた。

二十四

正月休みが終わると店へ出て年始の挨拶もそこそこに、さっそく小野寺さんにはお年玉代わりに、昨年亡くなった会長の葬儀会場の装飾を頼まれたと報告した。直ぐに社長はでかした新年早々縁起が良いと張り切りだした。

「そうか、あの娘は店が閉まってるさかい直接お前のアパートに行ったんやなあ」

「それですけれど、希未子さんの話では僕の留守中に千鶴さんが訪ねて来たそうですね」

「そうやお前のこさえたあのブーケが、あの披露宴に招待された人達からえらい受けたそやないか。これで個別に注文がどっと来てみ、どっかのホテルがほっとかへんやろ、そんなホテルで挙式しゃあはる人の注文取り次ぎを受けたら楽やでー」と取らぬ狸の皮算用を始めた。これには「社長、花は季節で変わるさかい好みのデザインも変わりまっせ」と白井さんの冷静な忠告に社長は、そやなあと引けた。

「まあそやけど、あの波多野家は白井さんのお陰やが、今では鹿能にスッカリ取って代わったなあ」

それが時代の流れや、と白井さんは取り繕ってくれた。

本当はどうなんだろう。花は咲いていても華やかな時代は直ぐに過ぎてしまう。女だって、いや、希未子さんはずっと華やかに咲き続けてくれるだろう。変幻自在に変われる彼女なら。でも片瀬は今頃は立派に仕事を熟しているのに俺はどうだろう。

千鶴さんに作った花がたまたま受けたのは偶然に過ぎない。しかも片瀬の場合は億単位の取引で、俺のは数万の売上でしかも一回ポッキリ。この雲泥の差は誰が見たって歴然だ。あれ以上のブーケが作れなければ、結局はこの人はここまでの人だと思われがっかりされる。そして片瀬に気心が偏《かたよ》れば鹿能はそれまでの、ただの人となる。後は彼女が記憶の片隅にでも残して、永遠の愛を語れる人でなかった想い出だけで人生の幕を閉じるか。人を好きになることは凄く難しいが、恋は簡単に訪れることもある。なら千鶴さんを見て、その場の雰囲気で作った花はどうなんだろう。

それで心配になり、覇気のなさに気づいた白井さんが、花作りに勤しむ鹿能の元へやって来てくれた。

話は白井さんが庭師として色んな家の庭や垣根に関わってきた。その長年勤め上げた中でも波多野家に住む人達には殊《こと》の外《ほか》、印象が強いようだ。それを今日は落ち込む鹿能の参考に耳に入れたいらしい。家族の中でも特に強烈に強い個性を感じたのは希未子さんのようだ。なんせ白井さんは彼女を子供の頃から知っている。

――その当時はあっしも若かったからね。二階の屋根より高い木の上で剪定もやっていましたよ。そこでふと足元を見れば、まだ幼い希未子さんが覚束《おぼつか》ない足で登ってくるじゃ有りませんか。それで驚いたことに、こんなとこから落っこちたらケガだけでは済みませんからね。慌てて背中に背負って下ろしましたよ。その時はよくここまで登ってきたなあと感心しました。

「彼女はその時は幾つでした」

「三つか四つでしたよ」

「それでどうして登ったんだろう。そんな高い処まで上がったんだろう」

「いえね、いつも屋根より上のあっしを見てて羨ましがっていたそうです、そんな高いところから何が見えるのかと一度上がってみたかったそうです」

──これで屋根より高い処を泳ぐ、鯉のぼりの気持ちが解ったって、それだけですけれど。でも登ってみて初めて解るんですから、この世に無駄はないと言ってました。その彼女には下に弟が居ましたが、これがからっきし意気地なしの弱虫で、どっちが男の子か解らないぐらいに、希未子さんはおてんばでしたよ。

「へ～エそれは初耳だ。あのお嬢さんの希未子さんが」

「あの頃のお嬢さんを今も時折見掛けますが、死への恐怖より生への不満が有るから無茶をなさるんですよ」

「何ですかそれは」

「この歳に成るとそれがしみじみと湧いてくるんですよ。だから本当に生きる意味を知らないで死に急ぐ若者を見るともったいない気がするねぇ」

成る程、希未子さんの場合はそんな若者に、カツを入れてやりたいと常々と考えていた。それを注入しようとしたのが弟さんでしょう、その次に出会ったのが片瀬だと、千鶴さんはヨーロッパを彼と旅して学んだようだ。

白井さんがいつも知りたくない者は、余り追求しないもんだと言っていたが。そこへいくと希未子さんは知りたくなくても考えるらしい。それで好奇心で無口で何も語ることを知らない鹿能に目を付けた。この人ならあらぬ事でも何でも吹き込めば動いてくれる。いえ、動かせる価値のある人だと気付いたようだ。

「それで白井さんは、希未子さんにえらく関心を持ったそうですね」

「この家の男兄弟は部屋に籠もって机を並べて何をやってるのか解りゃあしませんよ、子供らしくなくて見ていてもイライラしてねえ。そこへ行くと希未子さんはあっしが暇乞いする前に来たお手伝いさんの紀子さんと廊下を走り回っていたのを、庭木の上から眺めていても飽きなかったもんだったなあ。この家の女性達は活気があった。中でも希未子さんは潑剌としていて頼もしくて芯が通っていた。この人はこうと思えば曲げない人だと思っているが、そうなんだろう。だからあんたは身近に付き合っていて何も心配はいらんだろう」

「それが心配の種だらけで往生してるんですよ」

「だらしのねぇ野郎だなあ。そんな事ではあのお嬢さんの尻に敷かれますよ」

とは言っても、白井さんはそんなお嬢さんではないと、百も承知で鹿能を揶揄《からか》っていた。

二十五

　会長の葬儀は大きなホールを借り切って行われた。勿論紀子さん以外は家族総出だが、祖母の君枝さんだけは葬儀の開催時間に合わせて来ても、始まるとお飾りのように居たが、直ぐに社長の総一郎と代わって帰った。そこに新婚の息子夫婦も並んだが、弟の剛《つよし》はとうとう金沢から出てこなかった。

　葬儀が始まるまでは、君枝さん以外は、設営業者と打ち合わせをしている。広いホールに百席近いパイプ椅子が所狭しと並べられた。四列ごとに通路用に一脚分空けて、端から順に座る。中央の祭壇は花で飾られその真ん中には、会長の微笑む在りし日の遺影が置かれて、その周りを多くの花で飾られている。

　順次訪れた弔問客が、この祭壇前の献花台に花を添えて、一礼合掌して故人を偲びながら献花してゆく。会場に流れているのは読経ではなく、故人を送るのにふさわしく、クラシック調の静かな調べの曲が会長の遺影を包み込むように流れていた。みんなはそれに合わせて頬と口元を緩めて中には小さく手を振る若い子も居た。とにかく和やかな曲と人とが、溶け合うように祭壇の花飾りの前を通り過ぎていった。

　この日は朝から忙しかったが、葬儀は昼から夕方までには多くの弔問客を終えて、小野寺園芸店のスタッフも後片付けに追われていた。受付をされてた希未子さんも始終笑顔で迎えている。受付の希未子さんは喪服だが、彼女は前回の密葬でも和服の着《き》熟《こな》しが様になっている。今日は大勢の弔問客が引っ切り無しにやって来るが、普段の活発な彼女が実にお淑やかに着物で対応するから、彼女を知る者からは絶賛の声がかかった。鹿能が時々彼女と話していると波多野家の人と思われていたようだ。それでなんでこの人が花の世話も遣っているのか疑問だったようだ。とにかく鹿能は受付の希未子さんとは、始終打ち合わせをするから訪れた弔問客からあれ誰？　って聞かれては、彼はただの会場の設営係とは言ったものの目立ったようだ。これは後から希未子さんから聞かされた。

　会長の葬儀が終わって数日後に希未子さんから誘われた。突然に朝から電話で誘われたものだから急遽店に一報した。これには小野寺さんも賛同して、店からもお礼を言っておくように伝言を頼まれて休みを取って出掛けた。

　今年は年明け早々に雪が降ったが、あれから寒さは幾分ましなようだ。それでもダウンジャケットを着込んでいる人も結構居て、鹿能もその一人で急いでいる。なんせ今朝連絡を受けたから服装より心の準備がなく、いきなり会いに行くから、出会った頃の気持ちのドキドキ感は薄れて、要件の方に気が散ったからだ。

行き先はこの街一番の繁華街四条河原町の角だ。まあ此処は恋人たちがよくやって来る場所でもある。だから気分に陰りも無くルンルン気分で心弾ませて行けた。

案の定待ち合わせ場所に近付くと、遠くから手を振ってくれた。彼女と合流すると、そのまま交差点を渡りその場所から直ぐに移動した。

人混みに紛れて直ぐに交差点を歩き出すから行き先を訊くと、決めてないと言われた。いきなり交差点を渡ったのは、逢って直ぐに信号が変わったから釣られて歩き出したようだ。渡り終えると彼女も、直ぐに何処へ行くって同じ質問を返された。

しょうがねぇなあ、と鹿能は人の流れの少ない鴨川に向かって歩き出した。すると彼女も歩幅を合わせて付いてくる。このどうでも良いような息の合いかたに、思わず二人は笑ってしまった。すると鹿能には急に呼び出された意味が益々分からなくなる。河原に下りずに、そのまま橋を渡った辺りから、彼女はちょっと不機嫌になってきた。そこで思わずどうしたと声を掛けた。

どうやら片瀬から手紙が来たらしい。それを見せるために呼び出したと解った。

「じゃあどっか店にでも入るか」

これに彼女は頷いた。二人はもう祇園の丁字路の交差点まで来てしまった。この辺りで喫茶店を探し始めると、彼女はそのまま交差点を渡り、石段下から円山公園に向かって歩き出すともうこの先は料亭しかなかった。

エッと驚く鹿能を尻目に最初に目にした料亭へ入ってゆくから躊躇《ちゅうちょ》してしまう。そんな鹿能に「大丈夫よあたしが出すから」と店の玄関を上がり仲居さんに部屋まで案内された。そこの座敷で寛ぐと、さっそく食べるでしょうと、返事も聞かずに鍋料理を彼女は注文した。そこで彼女に片瀬からの手紙を渡された。

「まだ誰にも見せてないんだね」

「残念でした、千鶴さんには見せたのよ」

「あの人ならまあ良いか、それで会長の葬儀に帰れなかった事に対するお詫びでも書いてあるの」

「そんな生やさしいものじゃないわよ」

と脅しに掛かる。そこへ仲居さんやって来て鍋の準備をし始めると話が中断した。仲居さんは煮込む順番を説明して、手際良く放り込むと「後は煮えれば食べて下さい。ではごゆっくり」と襖を閉めて行ってしまった。

「この前のおじいちゃんの葬儀では頑張って貰ったから、お礼を言っとけとお父さんに言われたからこのお店なら丁度良いでしょう」

「そう言う事なら入る前に説明してくれれば良いのに、片瀬さんから着いた手紙の披露だと思っていたから気が動転してしまったじゃない、そっちを先に言ってくれれば良かったのに」

「ごめんごめん、このお店は会社では夜の一次会の接待に使ってるらしいから初デートならともかく平日の昼食には来るところじゃないわよね」

会社なら此処で腹ごしらえをしてから、祇園のスナックへ行くらしい。役員関係のお偉いさん連中は此処に寄らず、そのまま花街のお座敷に直行するようだ。

二十六

希未子さんが鍋に具材を追加する間に、鹿能は希未子宛の片瀬からの手紙を読んだ。一読を続ける鹿能を覗《うかが》いながら、次々と野菜を入れながらどうかと訊いてくる。返事を延ばすようにゆっくりとたたんで手紙を返した。

「交渉中の商談が纏まり近いうちに帰れるとは書いてあるが、これには帰国の日にちが書いてないけれどいつ帰ってくるんだろう」

　おそらく仕事にめどが付いた段階で、一刻も早く知らせたいと、意気込んで書いている様子が窺える。

「千鶴さんはなんと言ってました」

　ウーンとチョッピリ眉間を寄せたが、あなたの意見を聞きたいのにと苦笑《にがわら》いされた。

「千鶴さんは普通の人が見れば微笑《ほほえ》ましい内容だけど、ヨーロッパで同行したあの人の印象からするとこれは焦っているようだが、あなたはどう思うの」

「帰るのを楽しみにしていると書いてあるから、普通で問題ないでしょう」

「あれは単なる社交辞令でなく、そこから切実なる本音が読み取れなくてはこの先あなたは苦労するわよ、さあ煮込めたようだから召し上がれ」

　と希未子さんはおろし醤油の入った小鉢に入れて差し出してくれた。鍋のメインは湖北で捕れた鴨の肉で柔らかくて良い味が出ている。冬はこれに限るとよくこの店へおじいちゃんが食べに来たらしい。なるほどアッサリしていて胃にもたれないところが良いらしい。

「そのおじいちゃんは、片瀬さんを見出しただけあって将来を見込まれていたそうですね」

「兄よりも肩入れしたそうらしいけれど」

確かにおじいちゃんのお眼鏡に適っただけはある人だけど。元来おじいちゃんは一代で今の会社を築いただけあって努力家には目を掛けてあげる。でも鹿能さんのような人ならそれ以上のものを期待されない。だからもしあたしが貴方を紹介すればおじいちゃんはひっくり返って腰を抜かしかねない。

希未子さんが言いたいのは職人と商人《あきんど》の区別ではなく、人を相手に絶えず動き回ってる人と椅子に座ってジッとしている人を一見すれば、おじいちゃんの目には同じ努力家には映らないそうだ。

鹿能はウンウンと頷きながら、鍋に箸を突《つつ》いては一旦停止してから小皿へ、そこで十分に汁を含ませて二段階で口へ運んでいる。これが結構板に付いてしまった。終いには希未子さんは辛気くさいのか、そこのお肉もう食べ頃よとアドバイスしてくれる。こうなると何しに来たのか分からなくなる。それでも根気よく話してくれるということは、余程に片瀬とは縁を切りたいのだろう。そんな思いがヒシヒシと箸を持つ手から伝わりそうだ。でもこんな光景を会長は絶対に望んではいないが、その死によってこうして此処で鍋を囲んでその会長の生き方そのものを論じているのだから、人生は何処でどう繋がっているのか世の中は不思議なものだ。

「でも千鶴さんも片瀬さん同様に小さい時は親の苦労を見て育ったんでしょう、なのに千鶴さんは余り努力家に見えないのに、どうしておじいちゃんは健司さんの花嫁候補に挙げたんだろう。そこが片瀬さんとは相反する考え方ですね」

「兄は細かいことを言う人とは合わないのよ、だから少しは気の抜ける人をおじいちゃんは探したけれど、片瀬の場合は気の抜けないあたしを候補に挙げたのよ。おじいちゃんはこれでこの二人が次の時代を背負っていけば会社は安泰発展するとその長い経験に基づいた方針に、あたしが反対したから慌てて片瀬を海外から国内担当に切り替えさせようとして倒れた。もし父もおじいちゃんの考えを継承すれば手強くなるわよ。その覚悟を今日のこの料理を食べたのなら決めて欲しい」

「ハア？（そうなら芸者を呼んでドンチャン騒ぎしないと割が合わないなあ）」

「もう鳩が豆鉄砲を喰らったような顔しないで頂戴」

「で、どうすればいいか」

「とにかく、のらりくらりと躱し続けるあなたなら出来ると見込んでるのよ」

「どう躱していけば良いんだろう」

「そう難しく考えなくても良いでしょう。どうすれば花は綺麗に人前で目立てさせて気を惹かせるかを常に考えているんでしょう。それと似たものよ」

「贈呈の花束造りとは全然違うような気がするけれど」

「お花の飾り付けも商社マンも自立心を養うのは同じで、外見が違うのは一種の錯覚で、全ては荒野に見えても、なにかが有るから人は荒野でも足を踏み込む。あなたにはそこを歩きながら道を見つけ出せる人です」

「何もない荒野を歩くだけの強靱な精神は残念ながら持ち合わせていませんが」

「あたしという後ろ盾が在っても歩くのはいやなんですか。これからの事を考えればそこはハッキリ仰《おっしゃ》い！　ませ」

「ちゃんと支えてくれるかどうか、あなたは気まぐれな処が有るから……」

「まあ仰いますのね。そうさせたのはあなたなんですから、そこを肝に銘じて行動すれば何の迷いも無く荒野を突き進める、と思われませんか」

　彼女は焚き付けるだけ焚き付けてどうしようと言うんだろう。ただ単に片瀬から逃れたいだけなのか。

　彼女が接近したのは、お前なら誘惑次第では毒にも薬にもなりそうだと小野寺さんは言っていたが、最近は否定も肯定もしない。ただ頑張れのひと言しかアドバイスが無いのはどう言う事なんだ。

　彼女が片瀬を嫌いなら嫌いで突き放せば良いものを、それが出来ないのは片瀬をハッキリ嫌いだと思わせるものがないからだ。ただ悪い人ではなく欠点も見つからず、希未子以外はみんなが反対しない以上はどうすれば良いか、その答えを鹿能に見いだした。ならそれに応えられた暁には、荒野がバラ色の人生に成るというのか。気心が知れて充実する愛ほど、嘘と真実《まこと》の接点が見分けにくくなって来た。

二十七

鹿能に片瀬からの手紙を見せたが、反応がいまいちどころが、でんとして構えている。頼もしいと言えばそれまでだが、彼の性格からすればそんな度胸を感じられる人ではなかった。それでもっと切羽詰まった臨場感を植え付けるにはどうするか。

まずは鹿能に対して片瀬の情報を、もっと吹き込む必要性に迫られる。幾らあたしが脅しすかしても彼には堪えない。そこで、あたしより中立な第三者の立場の者でも、兄では少し偏見が入る。そこで最近知り合ったばかりの千鶴さんなら、見たそのままの片瀬を評価してくれるはずだ。どうしても片瀬が帰ってくるまでには、彼には片瀬に対する理論武装をさせておかないと太刀打ち出来ない。片瀬もまだ千鶴さんには警戒心も無ければ、兄嫁という親しさもあり、ありのままの愚痴を千鶴さんは聞かされたらしい。それで希未子は先ず千鶴さんには積極的に近づいた。なんせ家に嫁いだばかりで、心細さを解消するのに、希未子は彼女に色々と面倒を見た。特におじいちゃん亡き後は、祖母の存在感が増すから、祖母に対する一通りの性格を伝授した。それで彼女の信頼を得てから、先ずは片瀬に対する考えを彼女に正確に伝えた。

身近な人としてはいいが、それ以上は近づいて欲しくない。その理由はどうも人間的に隙のない人には息詰まりを感じる。少しのへまなら延び延びしていて愛嬌として笑える。その微妙な感情を片瀬は持ち合わせてない。苦手と言うより、やりたくないのが見え見えなのも良くない。これには千鶴さんも、好みの違いと言ってしまえばそれまでだけれど、希未子さんなら我慢が出来ないのはもっともだと同情してくれた。

朝の食事が終わると父と兄は会社へ行き、祖母が自室に籠もれば、居間はまた希未子と紀子と千鶴の三人になる。そこで殺風景な居間を花で飾りたいと三人は一致した。それでどんな花が良いかしら、と千鶴さんが希未子に訊けば、直ぐに同感したらしく「じゃあ一緒に花でも買いに行くか」と二人は意見が合った。

この季節では温室栽培の花になるから高くなるわよ、と言う家計をまかなう紀子さんを納得させて二人は出掛けた。

通りでタクシーを拾うと、どちらからともなく、一緒に行き先は小野寺園芸店を指名した。このピッタリ感に二人は顔を合わせて笑った。当然行き先が鹿能の居る花屋だと解ると、車の中では、あの手紙を鹿能に見せてどうだったのか、千鶴さんは気になったようだ。

「処で鹿能さんにはあの手紙を見せたんでしょう」

「ええ、でも反応がいまいちなの」

「そうだろうねえ。あの内容ではどうって事ないって思われるわねぇ」

「ついこの前の新婚旅行で十日近く一緒に同行すれば、観光以外に話題になるのは矢張り希未子さん、あなたのことなんですから。それからあの手紙を深読みすれば並々ならぬ片瀬さんの意欲が見えてくるわね」

「あの人が深読みできればね」

「そうか、聞くところでは、社交辞令の飛び交う歓送会で初めて会ったばかりの鹿能さんでは上辺しか読めないでしょうね」

「まあ一応はひと言チクリと釘とはいかないまでも、針ぐらいで刺していたけれどもうすっかり癒やされていたでしょうね」

「そうね旅行中に電話で希未子さんから聞かされてエッそうなのって言い返したで

しょう。だから片瀬さんは当に忘れてはいないと思うけれど。そんな素振りなんて見せない状態だからあの手紙を見ればあたしも希未子さんもあの文面を真面には受け取れないでしょう、けれども殆ど先入観念の無い鹿能さんではめでたい帰国報告文になるわね」

「それでそこなんだけど。おじいちゃんが好きだったあの料亭で鴨鍋を披露したけれど無意味になって鴨が葱《ねぎ》まで背負《しょ》ってしまったようで、片瀬どころかそっちに神経を吸い取られた」

「だから今から行く花屋さんではあたしの出番なんでしょう」

「物わかりが良すぎて助かるわね」

「小姑さんにはこれからも縁《より》をつけとかないとね」

「あたしはそんないけ好かなくないわよ。何なら兄をとっちめて欲しければいつでも手を貸すわよ」

「ホウそれは頼もしい小姑さんだわ」

「ひと言多いわよ」

と希未子さんはチクリと釘で無く千鶴さんの言う針を刺した。

店に着くと鹿能は居なかった。今朝体調が良くないと言って休んでいるらしい。出てきた小野寺さんはどっちみち今は需要の少ない時期だから大目に見ているらしい。

「じゃあお見舞いに行くか。食い慣れない鴨料理が中《あた》ったかもしれないからね」

「それは良くないわねぇ、一体どうしてそんな物にありつけたのか本人が理解出来てない、そこが問題なんじゃないですか」

　問題はそんなもんじゃない。問題はあいつの、のほほーんとして緩んだ神経に有る。そこら辺りの神経は、今隣に居るこの女と似たり寄ったりだが。恋に関しては兄を選んだ処は鹿能より打算的かもしれないが。

「まあ一応は食あたり以外は考えられないわね」

「この寒い真冬に鍋料理を食べてですか？」

「それだけ不用心《ぶようじん》なんでしょう。でもまあ行けば解るでしょう」

　それもそうねと二人は変に納得して、軋む階段を上りながら鹿能のアパートを訪ねた。ドアをノックすると鹿能は直ぐに出てきたが、二人を見て慌てて引っ込んで、暫くは外で待たされてから招き入れられた。初めてやって来た二人は一通り中を覗いた。

「何もない部屋ねぇ」

「シンプルにしているだけだ」

　なるほどと、もう一度見回して頷いている。

「せっかく花を買いに来たのに、お店でお休みと聞いてお見舞いに伺ったけれど懐《ふところ》以外は元気そうね」

と上がり込んだ。

二十八

基本的にはワンルームになっているが、マンションと呼べないほど質素な作りだ。入り口から奥に掛けてキッチンとバストイレが有り、そこを抜けると奥が八畳ほどの洋室だ。暖房は炬燵しかなくこれで食卓を始め、全てを賄っている。そこへ三人が座り込んだ。今朝は具合悪くて休ませてもらったのに寝込んでいない。押し掛けた二人は鹿能を見て、これではせっかく見舞いに来ても、何処が悪いのか見当が付かない。鴨鍋が中《あた》ったとか聞いたけど、と千鶴さんは心配そうに声を掛けてくれたが、その目は嗤っているようだ。

「あんな物で中《あた》るのならおじいちゃんは何回死んでるか解ったもんじゃないわよ」

希未子さんにまでそう言われると、今度は頭が痛くて本当に寝込みたくなる。布団は押し入れが無いから隅に積んで有る。そのいい加減な鹿能が光彩を放っているのは、矢張り花束の製作だろう。それで千鶴さんは来てくれたが、あの店の作業場よりも、遙かに殺風景な部屋に籠もって、あれだけの素晴らしいブーケを作れる環境がこの部屋のどこにもないからだ。

よくこんな部屋に籠もって、メインに成る胡蝶蘭を一輪だけ色彩豊かに引き立てる為に、その周囲に可憐で地味な花を配置する。その感覚が、此処で磨かれるはずはないともう一度見回している。それに希未子さんが「此処は気持ちを無《む》にする処でさっき伺ったあの店で花に囲まれているうちに彼の感覚が研ぎ澄まされてゆく」と千鶴さんに説明していた。

そうなんだ、とあの店で一つ一つの花と無言で対話して、それぞれの花の特性を引き出して、彼の手元でそれを組み合わせているんだ。

確かにジッと佇んでいるんでなく、それぞれの花に、このメインの胡蝶蘭をどの花が盛り立ててくれるかを目視《もくし》して見極めているんだ。これは片瀬さんには絶対に持ち合わせていない豊かな感情なんだ。そう思うと千鶴さんは、次第に瞳を輝かせて、寝ぼけ眼《まなこ》の鹿能の瞳に集中させた。

「希未子さん、あたしこの人を応援する」

と千鶴さんが一旦決め付けると、だからグズグズしていると片瀬さんは帰ってくるわよ、と発破を掛けられた。

「あなたは良いものを持っているのにこんな処でくすぶってる場合じゃあないでしょう。小野寺さんが嘆いているわよ」

「社長にはそんなものはないよ。あの人はいつも市場の開拓に躍起に成っていて仕事のことは何も言わないよ」

「それだけあなたを信頼しているのよ」

社長の信頼は腕でなくこれで幾ら稼ぐか、その収入を考えているんでしょう。まあ経営者なら当然の処置だが。今は社長の人柄から甘んじて受け入れている。

「それは遠回しにあなたの腕を見込んでいる。それであの店が成り立っている、それを別な処に応用すれば良いだけなんだけれど」

「それは腕でなく此処だなあ」

と鹿能は自分の頭を指で軽く叩いた。

「それで千鶴さんから向こうでの片瀬の話をしてもらおうと来てもらったの」

とうとう出番が来たか、と千鶴さんは待機万全で乗り出してくる。

先ず勤務地の北欧では希未子さんへの目立った言動はなかった。それは慎んでいるのか、また仕事がらみで、それどころではないのかもしれない。それは慣れないあたし達に付いてきてくれるのは良いがまるで新婚旅行なのか、仕事の延長なのか、区別が付かないのも困りものだ。仕事から離れてノンビリと観光気分が味わえるようになったのはパリに来てからかしら。まあそれまでも希未子さんの事は小耳には入っていたけれど、それは健司の妹として話していた。それが北欧を離れると、健司でなくあたしに直接希未子さんの様子を伺い出したけれど、こっちはそれどころではない。それでモンマルトルではあたしの芸術論に片瀬さんは相づちを打つ程度だ。仕事も大事だけれど若い時は人間形成も大事よ。特に良き伴侶を望むならと警告したけれど。これには鹿能より希未子さんが「それでどうだったの」と深い関心を示した。

まあそれ以後、片瀬さんは律儀に朝一番には、モーニングコールしてホテル一階で朝食へ引っ張り出すほどの献身ぶりだ。それほどにあたしたちの世話をしていても、健司が離れると直ぐに希未子さんの様子を聞いてくる。お陰で短い付き合いにしては、かなり片瀬さんという人となりが掴めた。

先ずあの人は営業マンとしては十分ですけれど。仕事を離れたプライベートで、どれだけ相手の身になれるか。営業マンとしての駆け引きより、人としての駆け引きを磨く必要性を求められる。片瀬さんを突くとすれば、その辺りが一番効果てきめんらしい。

「それはあたしも同感だけど、この人にはもっと具体的な助言が必要なのよ」

と希未子は千鶴に更に詳しい情報を、鹿能に提供するように求める。

モンマルトルには多くの人が似顔絵を描いて生計を立てている。主に北アフリカからの移民だけれど。そこに東洋人とおぼしき絵描きが居たの。彼の前に置かれた折り畳み椅子に座ると。片瀬さんが直ぐに英語で頼み込んでいるが、スケッチ帳を持つ男は絵筆を動かさなかった。だからあたしがあなたのような人に描いて貰えれば嬉しいと日本語で喋ると、彼はメルシーマダムと日本語訛りで言うと描き始めてくれたの。その人は雰囲気が鹿能さんに似ていたの。だからかしら、片瀬さんが喋る英語混じりの片言のフランス語に彼は反応しなかったのは。

「片瀬さんは律儀だけど、それは商談を纏《まと》めるには良いけれどあの日本人の絵描きには通じなかったのよ」

どうも片瀬さんはあの絵を描く人を見下しているのか、相手には受け入られなかった。それはこんな所で難民に混じって一緒に絵で生計を立てるなんて、俺は時には億単位の取引もするという自負が、あの人には表に出さなくても見え隠れするのよ。だから片瀬さんは、もう少し人を同じ目線で捉えられないと難しい、と千鶴さんは言っていた。

二十九

傍で黙って聞いていた鹿能が興味を示し「俺に似ているというそのパリのモンマルトルって処に居る画家ってどんな人」と訊ねる。

「正確にはモンマルトルにあるテルトル広場ってとこで似顔絵を描いて暮らしているの」

「それだけで生活できるのか」

最初は絵の留学生として学校でちゃんと習っていたけれど。そこを退学させられてから日本からの仕送りが無くなり。モンマルトルの安酒場で知り合った女給と同棲生活を始めて、今も一緒に暮らしているらしい。

「じゃあその酒場のメイドに養ってもらっているのかい」

「口を濁していたけれど似顔絵だけではやっていけないわね」

「それでその男がモンマルトルに踏み留まる理由は何なんだろう」

「見果てぬ夢を追いかけているって言っていたけれど」

どこかで聞いた文句だとチラッと希未子さんを窺った。

その男は人生をどれだけ長生きしても、充実した日々がどれだけ在ったかで、その人が生きた意味が決まるって言っていた。

これらは千鶴さんが彼に似顔絵を描いてもらいながら色々と聞いたが、勿論そんなに聞ける時間は無かった。その夜に彼のパトロンが勤めている安酒場に三人でお邪魔してそこで聞きだしたのだ。

仕事を終えた彼に、画材と椅子を抱えて案内してもらった。その安酒場は敷石を敷き詰めた中世を思わす細い路地を入った中にあった。一日の労働を終えた労務者が寄り集まって、狭いテーブルやカウンターで呑んでいた。

彼は女給を遣っている彼女に向かって顎でしゃくって「あたしの人生の全てを懸けてあなたを幸せにしてみせるって言ってくれた女なんだ」と言った。

それでこの町から抜け出せなくても良いの、日本に帰れなくて良いのかしらって言うと、このモンマルトルの何処が悪いって言われた。

此処には他では代え難い二人が暮らせるだけの安らぎがあり、ここに居るみんなもそうなんだ。今宵は一杯の安酒のために人生がある連中ばかりが、此処に集まっているんだ。それが不幸と思えるかって聞かれると、あたしと健司はともかく、もがきながら這い上がろうとする、片瀬には何も応える術《すべ》を持ち合わせていない。

ここに居ると健司は、あの世界中を放浪した日々が蘇って、労務者たちと益々グラスを重ねてバカ騒ぎをしていた。しかし片瀬にはもう理解の限界どころか二度と踏み込みたくない悪夢に浸ったようだ。夫はいつの間にかあの画家と肩を寄せ合って呑んでいるから始末が悪い。ゴッホやゴーギャン、ルノワールも売れない頃は、こんな場末の安酒場でこんな風に明日への生きる意欲を充電して、売れない絵の憂さ晴らしする。その根底に見え隠れするのは、彼らの描く見果てぬ夢に向かって荒野を歩く姿だ。それがこの酒場にはお似合いなのだ。

此処に居る連中の価値は未来に夢を預けた人にしか解りはしない。そしてその未来に賭ける恋が此処には雑居している。時々画家の恋人はその金髪を靡かせて、彼に甘い瞳を投げつけている。彼女を見ているとルノワールのモデルの女給を想い出してしまう。そう此処はあのムーラン・ド・ラ・ギャレットのダンスホールを凝縮したような喧騒に包まれた安酒場だ。勿論此処に集うのは貴族や上流階級の紳士淑女でなく、下町のその日の糧《かて》にも苦労する連中ばかりだ。その中でひとり浮いているのが片瀬だった。

　こんな愉快な旅は後にも先にもこの日しか訪れなかった。いや、あの似顔絵を描いた画家崩れが導いてくれた。もっと厳密に言うなら片瀬任せでなく、千鶴がモンマルトルのテルトル広場で、椅子ひとつ置いて居並ぶ似顔絵描きの中から彼を見つけたからだ。そうでなければこの旅行はありふれた観光に終わっていた。

　問題はあの安酒場での片瀬は、一体人生の何を知ることができたのか。それとも嫌悪感を抱いたまま、あの場を逃れたのか。その答えがもう直ぐ分かると希未子さんは言った。即ち片瀬が今度の週末に帰国してくるからだ。

「連絡があったんですか」

「あたしにではなくどうやら兄に手紙を寄越したのよ。そしてその兄がその手紙をあたしに手渡すとお前が迎えに行ってやれなんて言うのよ。どうかしていると思わない」

「どっちが」

「どっちも、どっちもよ！」

　と希未子は益々苛立ちながら定まらぬ瞳を投げつけている。

「ねえ、千鶴さん、そのモンマルトルの安酒場だけど、そこで片瀬はどうしていたの」

希未子は被虐的な嗤いを浮かべて聞いてくる。どうやらそこでの振る舞いを空港で真っ先に片瀬に打《ぶ》っ付けて訊ねるらしい。

片瀬は店に入ったときの驚きから、それが戸惑いに変わるのに時間は掛からなかった。健司とあたしが画家に続いて直ぐに店に踏み込んでも、片瀬さんは駄々っ子のように躊躇《ちゅうちょ》していたのが可笑しかった。健司はしょうがねぇって顔していたけれど、あたしが強引に引っ張り込んだの。それで諦めたように店の片隅で女給が作ったカクテルを呑んでいた。片瀬さんは最後までこの店の雰囲気に溶け込めなかった。その片瀬が言った言葉が、みんな狂っているって言ったのよ。

「これはお祭りよ。日本のお祭りもみんなこんな風に騒いでいるでしょう」

と言ったけれど彼は否定した。

「違う此処とは目的が違う。日本のは神事だ」

「じゃあ此処のは何《なん》なの」

「だから狂気だと言っただろう」

でもどっちも溶け込めなければ一緒よって言ってやったら、そのまま無言で酒を呷《あお》っていたのよ。

あんなあいつの後ろ姿を見たのは初めてだなあって、そしてあたしにそっとしてやれって言うから、彼奴《あいつ》の男心は解らんと健司にぼやいてやった。

三十

片瀬の帰国の知らせは希未子でなく兄に届いた。希未子は兄から帰国予定日を知らされて更に迎えに行くように念を押されると、可怪《おか》しいでしょうと言い返した。だってあたしでなくお兄さんに来た手紙なのにどうしてなのと。それが落ち込んでいる今のあいつに出来る最善の連絡方法だと説得されても納得出来ない。

「聞きましたよ千鶴さんから、モンマルトルの酒場では片瀬をほっといてお兄さんは呑んで騒いだんでしょう」

でもそれは彼の勝手だと片付けられる。

「しょうがねぇなあ。片瀬も男の恥になる後ろ姿をそう容易《たやす》く見せるもんじゃないのに」

と兄が苦笑して「そんなあいつの本当の姿を知っていればいつか妹も男の辛さが解ると言うもんだろう」と希未子は、兄が言わんとする言い分を大体その様に読み取った。謂わば暗黙の了解の下《もと》で兄から押しつけられたのだ。当然そこには生前の祖父の行《おこな》いも兄から言い含められているのだろう。

そこで気に入らない希未子は、兄とひと悶着起こした後で、千鶴さんを伴って、前回のように鹿能の部屋に押し掛けて一緒に迎えに行く約束を取り付けた。

その日は朝から京都駅前の空港バスで落ち合って大阪空港へ向かった。どう言う訳か鹿能は通路を挟んで座らされた。千鶴さんが窓側で隣が希未子さんで、通路を挟んで鹿能が座っている。

なぜこんな席になったか解らないが、希未子さんとは自然と通路を挟んで鹿能と喋るより、直ぐ隣の千鶴さんと喋る。だがこの前のように片瀬が会話にあがらないのがなんとも言えず奇妙に感じる。しかも当人はもう直ぐ帰ってくるというのに。どうも話題はお兄さんの健司さんの話になっている。こうなるとどうして鹿能が呼ばれたのか理解に苦しむ。

希未子さんの説明だと、会社へ入社する以前までの兄の放浪癖は、祖父の若い頃と重なる。それは千鶴さんも義祖母から伺っている。

義祖母は用事があるときは紀子さんを呼び出す。だが彼女が手の放せない時は、千鶴さんが代わりに用件を伺いに行く。その時にどうも祖母は家族のことで半分愚痴を彼女に溢している。それは大半が亡くなった祖父、即ち長く連れ添った伴侶で会長だった総一氏の話だ。

そのおばあちゃんが言うには、あなたの旦那さんの孫息子の健司は、この前亡くなった夫、総一の若い頃によく似ていた。あの頃の総一も今の健司に似て、ぷいっと旅に出て家を空ける事が多かった。それで親が彼の将来を案じて、あたしなら何とかしてくれるだろうと、縁談を勝手に進められた。最初、あたしはそれには往生した。それで千鶴さんにはその健司を上手く操るコツを義祖母から伝授された。これからは新婚気分もそこそこに、それを実践に移す段階のようだ。

「そうなの、おばあちゃんはあたしにはおじいちゃんの昔話なんかこれっぽっちもしてくれなかったのに」

「あらそうなの、てっきり希未子さんはご存じだとばかり思っていたのに」

健司はあっちこっち行っていたが、何でも祖父は信州によく行ってたそうらしい。どうもそこに好きな人が出来たんですって。そんな自慢話をおじいちゃんはおばあちゃんにするのかって、希未子さんは呆れて聞いている。だけど親の猛烈な反対で今のおばあちゃんが嫁に迎え入れられた。

この話は最近になって、もう時効だと言い聞かすように、内のおじいちゃんがあたしにねと愚痴みたいに溢されてねえ。もっとも内のおじいちゃんはこの前亡くなったのでそれが本当なのか今更確認する訳にもいかずに、その恋の相手は死んでるか生きてるかも今は分からんしね。それでなんで急にそんな話をしたかって聞くと、それはおじいちゃんは孫娘の希未子が気になってしかたなかったようだ。それで同じ轍《てつ》は踏まさんと、昔の自分の長所を持ち合わせている片瀬さんを選んだ。恋は一時だが人生は一生続く。それに見合う人かどうかで片瀬さんを選んだっておじいちゃんは言っていた。

「それはおじいちゃんの見込み違いじゃあないかしら、どう思う」

と急に通路を隔てて観客気分の鹿能に話を振られてた。まったく気まぐれなお嬢さんだと彼は慌てた。見込み違いと言うより、希未子さんは鹿能に会ったその日に祖父は亡くなった。この事実をどう受け止めるかに掛かっている。

鹿能は一度も祖父には会ってないし、まして生前はその顔も拝んでいない。お別れ会のあの肖像写真しか知らないから戸惑っている。するとゴメンね、鹿能さんは知らなかったんだと希未子に言われた。噂しか知らないですよ、と答えるとそれで判断出来ないかしらと言われてしまった。

「それはムリね、だってあたしは一年前に初めて会ったけど、それから数回会っただけでいつものおじいちゃんと、会長としての顔とは違うんですもの。例えば公の場で会う場合は会長として、個人で会う場合は波多野家のおじいちゃんなんですから。そこへいくと希未子さんも健司も殆どが我が家のおじいちゃんでしょう。そのおじいちゃんにはあたしはたまにしかお目にかかれないですから。今だから言えるけどそりゃあ戸惑うわよ、まして鹿能さんはどの噂を基準にするかでおじいちゃんの人柄はガラッと変わるから、それで片瀬さんの印象を引き出すのは無理じゃないかしら」

そうかと希未子さんにしては珍しく、秘策が見つからずに話は進まなかったが、バスは確実に大阪空港へ近づいてゆく。

三十一

冬の日差しが雲の切れ間から差し込む中を、北欧からの便が東の空に姿を現した。次第にその機体は大きくなってゆく。展望台の屋内で待機していた三人は空港の送迎デッキに出た。矢張り吹く風は頬を刺すが北欧に比べれば大した事でもないと、北欧帰りの千鶴さんに言われた。三人はしっかりと着陸から到着スポットに横付けされるまで眺めて到着ゲートに足を運んだ。

　華やかな帰国の人々に混じって片瀬は、ひとり機内持ち込みの小さなキャリングケースを引き摺りながら、ポツンとゲートを行き過ぎた。そこに待ち構えていたようにこっそり隠れていた三人が片瀬の前に飛び出してきた。これには片瀬も面食らって暫くは動けずに呆然としていたが、先ず千鶴さんが旅行先での接待のお礼を言った。そこでやっと我に返ったように硬い表情を崩して鹿能には軽く会釈した。希未子さんも少し表情を和らげたが、真っ先に千鶴さんが言葉を交わした。

「お陰で愉しい新婚旅行が出来ましたわよ」

　と千鶴さんはしっかりと片瀬のキャリングケースを引き取った。将来の社長夫人に、それは困りもんだと辞退したが、意に介せずそのまま千鶴さんはケースを引っ張ってゆく。その姿は新婚旅行のお礼返しに見えて微笑ましく、そのまま空港バス乗り場に行った。その間は片瀬は千鶴さんとヨーロッパ旅行の続きのように接している。片瀬も希未子も二人とも真面に顔を見合わせるのを避けているよう鹿能には思える。此の二人をさりげなく今は導くのが鹿能に課せられた義務のように感じた。その上で距離を保って接して欲しいと希未子さんは望んでいるのかも知れない。そう察して先ずは希未子さんの代わりに口を開いた。

「北欧は住んでみてどうですか、僕にはトナカイとサンタクロースのイメージしかないのですが」

「私も向こうへ着くまではそうでしたが、着いてみると随分違いますね。まあ着いたのが初夏でしたかも知れませんがでも日差しが違いますね。随分長いと思ううちに白夜なんですよ、日が西に落ちるかと思えばそのまま横にずれるとまた日が昇り始めるんです。これには参りましたよ、お陰で寝不足になりましてね」

そう言いながらも片瀬の視野の端には、おそらく希未子さんの朧気な表情をしっかりと捉えようとするその眼が定まりきれなかった。

「白夜ですか、それは未体験の僕にはなんか得も言われぬもので、例えば京都で憧れる雪国の世界と似てるんでしょうね、アッそれはそうと此の冬はオーロラはどうでした」

「精進が悪いのか現れませんでした」

言葉の冒頭は希未子さんへの反省が含まれている錯覚さえ抱いてしまうほど彼の謙虚さが目立つ。それらは全て希未子さんに好印象を与えたくて苦心の行動をしているようだ。彼は千鶴さんと鹿能にはよく喋っているが、本命の希未子さんとはまだぎこちない。ご機嫌伺いの挨拶程度に踏み留まったままでゲートからバス乗り場まで来た。

そろそろその触手を希未子さんへ伸ばしても良いが、以前と比べると実に控えめに終始している。矢張り希未子さんへの好印象を狙っていると思える。それに対して何処まで引き寄せられるか、もし機嫌を損ねても何処までバックアップ機能を働かせるのか、希未子さんは高みの見物ならぬ様子で片瀬を窺っているのだ。

こうして片瀬には先ず千鶴さんが、次に鹿能が寄ってきても、希未子は直ぐ傍で話すこの三人とは一線を保ち、会話には参加せずとも遠巻きにして鹿能を見守っている。このままでは希未子さんの出る幕が京都に着くまでないかも知れないがそれはそれで良しとしよう。

みんなはバスに乗り始めた。誰がどの席にどう座るか。先に乗り込んだ片瀬が詰めるように窓側に座った。意外にも希未子さんは片瀬が着いた席の隣に座った。これには片瀬が驚いたようだ。残った千鶴さんと鹿能がペアになった。

久し振りに会ったというのに、会話らしい会話をしていない彼女が、窓側に座った片瀬の隣へ何食わぬ顔で座ったからだ。これには他の二人は前日までの策略は何なの、どうなってるのと首を傾げたくなる。希未子さんは片瀬に、海外勤務ご苦労さんと先ずは労っている。

「せっかく呼び戻してくれたのに、おじいちゃんの死に目に会えなかったのは残念だったでしょうね」

あの時は北欧では長い極夜《きょくや》が忍び寄っていても、まだ気温は下がりきっていなかった。それでも恐ろしいほど日差しは、凄いスピードで遠のいていく中で、会長からの帰国の報に接した。帰り着くと日本では余りの日差しの長さには感謝した。それでも夏よりは二時間近く日差しは短くなっているがありがたい。向こうではもう春まで日が昇らず、その暗い日々の前触れのように会長は亡くなった。

「そうか、暗い北欧に居た片瀬さんにすれば帰国は一日だけの太陽の恵みだった訳か」

「でも今頃はもう日差しは戻り掛けていますよ。一日中暗かったのが昼間だけ南の方が明るくなってきているので。でも寒さは一番厳しい時期ですけれど一足早い光の春ですよ、だからみんなの気持ちは萎《な》えませんね。それで北欧の人達の希望は矢張り寒さより日差しが伸びる明るさでしょうか」

「そうか片瀬さんは日中も真っ暗な朝のない極夜という世界と、一日中明るい夜のない白夜という世界、この両方を体験してきたんだ」

白夜では部屋を暗くして眠り、今頃は部屋を明るくして起きていたそうだ。それだけ自然の摂理に逆らって生きる生活に順応して、生きる適応力を養ってきたらしい。

初めての北欧にしては、心の準備のないまま赴任して、お陰で気持ちはハプニングの連続だった。夜は当たり前にやって来るし、朝は勝手に訪れると思っていたものが、あそこでは夜も朝も区別がなかった。そこでは自分で工夫しないとやっていけないと実感して、初めて知ったこの世界観が、律儀な片瀬の考え方に大きな変化を生じて、面食らっている。それをいち早く希未子は見つけたようだ。

三十二

希未子さんは、千鶴さんからモンマルトルの安酒場での話を聞いて、場末の雰囲気に溶け込めない処が片瀬らしいと実感していた。そして鹿能ならあの似顔絵を描いた画家と、おそらく酒を酌み交わしていたと確信している。どうやら希未子さんには、再会した片瀬は昔のままで変わってないらしい。それゆえに向こうでの苦労が、目に見えるようだが決して同情はしていない。なのに希未子さんは空港バスが京都へ着くまで、時に笑いを交えて片瀬と喋っていた。鹿能は仕方なく勝手に千鶴さんを相手に途方もない話に時間を費やされた。

その千鶴さんは鹿能の心配を他所《よそ》に、どうも健司さんの話に終始している。今はひょっとしたらネコを被っているかも知れない、と言うほどに過去の放浪人生を健司は暇さえ有れば話してくれるそうだ。

学生時代は殆ど授業に出席していないし、三回生までは国内を旅していた。主に離島や山深い山間部で、限界集落という所にはよく顔を出した。簡単な装備で行ける山は登った。それから祖父に呼び戻されるまでは、主に地の果てを彷徨《さまよ》っていた。それは凄いを通り越して呆れる。自分で働きながら放浪するのは勝手だけど、お金がなくなればおじいちゃんに無心をする。だから苦労は買ってでもしろって言うけれど、健司の場合は逆だ。なんせスネかじりなんだから、それでもお父さんの総一郎さんより良いわね。なんせお父さんはおじいちゃんのイエスマンで仕事以外は何処にも行かず常に社内に留まっていた。そこが片瀬さんに似ているらしい。だからおじいちゃんは、この二人をさりげなく会社の両輪に置きたかったようだ。

義祖父は片瀬さんを身内にしておけばベストだからこそ希未子さんに白羽の矢を立てた。それは良いけれど、希未子さんも健司と同様に、今まで自由にさせたらしい。だから希未子さんは特に会社への貢献度は考えてなかったから、それがここへ来て厄介になっているのよ。でもまあ鹿能さんはそんなの気にする必要はないと思うけれど。

どう人生を生きようが、人様の迷惑にならない範囲なら自由に生きれば良い。それに今の処そんなしがらみに纏《まと》わり付いていないから良いんじゃないの。

とにかく健司は思いついたら何処《どこ》へ行くか解らない人ですから、泊まるところも飛び込みか野宿でした。だから男の人が羨ましい限りですよ。だから健司は殆ど世間の影響を受けない処で生きている人なんですよ。それが入社すると全く正反対の人と机を並べていたんですから。どうしたものかと思っているうちに、おそらく自分にないものを片瀬さんに見出して、それであの人に興味を持ったんでしょう。

「更に希未子さんが言うには、二人は夢見て暮らす人と現実を見て暮らす人なそうだ。前者が健司ならば後者が片瀬さんなのでしょうか。でもあたしが直《じか》にヨーロッパを一緒に旅して本音で接して思ったのは、片瀬さんは世間から冷めた人なんですよ。それは鹿能さん、あなたにも言える事なんですよ」

「冷めてはいないですッ。良い作品を創るために、むしろ熱く閉ざしているだけですよ」

「そうね、でも片瀬さんは冷たく閉ざしている、希未子さんはそこを見てるんですよ」

どう捉えているのか千鶴さんは言わなかった。私はそう言う影響を受けた人の元ではやっていけないと聞いたそうだ。それで如何《どう》したか気になったが、その前にバスは到着してしまった。

京都へ着くと、兄が片瀬の帰国を待って、昼食に誘っている。そこへ四人はタクシーで向かった。希未子と片瀬は渡航前の昔の状態に戻っているようだ。それは脆弱な愛と置き換えられるほどの、友情に似た付き合いだろう。今の処これ以上に彼女に近付けたのは鹿能だけだ。その余裕からか彼は少し片瀬とは距離を置けた。

タクシーは鴨川沿いの料亭に着いた。此処は夏ならば鴨川に納涼床を出しているが、冬はガラス戸から鴨川が眺められた。

四人は二階の奥座敷に招かれた。そこには健司と父の総一郎が来るはずだったが、急遽紀子《のりこ》さんがやって来た。

八畳ほどの和室に座布団が六つ置かれている。着席した座布団の前にはさっそくに会席一人膳に載った懐石料理が各自の前には運ばれる。

なぜ此処に鹿能も同席しているのか、それは希未子によって当家と縁があると印象付ける狙いがある。それと昼食には片瀬が辞退したが、ひと区切り付けたいと総一郎が用意したらしい。社長に同席されるほどの者じゃないと、固辞して社長は取りやめた。だが懐石料理が一人分余り、紀子さんが呼ばれたのが事実のようだ。

これで社長の思惑通り堅苦しさがなくなっている。紀子さんは、社長はともかくおばあちゃんの世話を奥様に任せてきたのがどうも心残りのようだ。これには健司夫妻が、気にするな元々親父が余計な事をしたからだ。俺はどこかの居酒屋の座敷でも誘うつもりが、選りに選って鴨川にある老舗《しにせ》料亭の懐石料理なんかを頼むからだよ。だから紀子さんは被害者だと、変な理屈を付けられている。

紀子さんの隣が健司夫妻で、向かい側の真ん中が希未子さんで、両隣が片瀬と鹿能になっている。真ん中の千鶴さんと前の希未子さんが、そうよ遠慮することはないわよこれも滅多に無い仕事の内よ、と声を掛けられていた。これには健司も大笑いして、向かいに居る片瀬に久しぶりに畳で食べるのも良いだろう、と笑いを誘っている。これに片瀬も応えるように苦笑していた。

三十三

この場は父から依頼された健司が取り仕切っている。当然最初の進行も父に代わって始めるが、それはかなり簡略化されている。帰国報告と将来の会社の展望を説明した後に乾杯すると、みんな粛々と箸を動かしている。紀子さんは千鶴さんと希未子さんが鹿能と喋っているから健司と片瀬が向かい合ったまま咀嚼する。そこで健司は仲居さんに頼んで一人膳を片瀬の隣へ移動して二人はゆっくりと飲み出した。

だったら最初からそうすれば良いのに、と紀子さんは千鶴さんとヒソヒソ話をしている。健司は希未子さんの隣には片瀬が良いだろうと気を利かしたのだが当てが外れたようだ。バスでは片瀬さんとあれだけ喋っていたのに今は鹿能とお喋りしている。

「あの二人は仲が良いのか、あたしにはピンとこないんですけれど」

「そりゃそうでしょう、鹿能さんはお通夜の飾り付けと片瀬さんの歓送会に家に来ただけですから紀子さんとはなじみが薄いでしょうね」

「だから向かい側で話が興じているのを見て驚いたわ」

その紀子さんは「健司さんと片瀬さんが昔は家に来てああやってよく呑んでたから余り変わらない」と聞かされて、千鶴はそっちの方に関心がいき、更に二人の様子を聞き出した。

最初は会長さんが片瀬さんを家によく連れて来ていた。健司さんは放浪人生を送っていて家には余り居なかったけれど、丁度片瀬さんが来た辺りから会長は健司さんを入社させた。その頃に千鶴さんはお見合いして、去年の暮れから我が家の一員に収まる。だから鹿能さんより片瀬さんの方をよく知っている。

「どんな風に片瀬さんを」

「まあきちっとした方で、それは健司さんとは正反対ですけれど家で呑んでいると結構話が合うんですよあの二人は、だから片瀬さんが来るときは缶ビールの買い置きをしてました。それとつまみもよく買い出してました。片瀬さんは飲み出すとよく喋るんですよ。まあ主に世間話が多くて、それに対して健司さんは旅行の話ばっかり」

「それはあたしもよく聞かされている、崖から落ちかけたとか増水した川に流されたとか」

「片瀬さんは世間話でしょう、もう二人の話はてんでバラバラなのよ。よくあれで飽きないというか双方が違う話ばかりでよく続くもんだと、そして会長の場合はこれがまた今度は似たような世間話でも片瀬さんは律儀に合わせて喋っていて、こっちはつまみは簡単な物では会長の口に合わないから結構凝った料理を作って差し上げましたよ」

「まあ紀子さんも大変ね。内の健司とおじいちゃんの酒の賄いに駆り出されて、ちゃんとその分のお手当は戴いてるんでしょうね」

「ええ帰りが遅くなると弾んで貰っていました」

「じゃあ片瀬さんはおじいちゃんと内の健司からと自宅には結構招かれていたんだ。そのホステス役を紀子さんはさせられていたんだ」

「そんな大げさなもんじゃないけれど、夕食を終えれば帰宅していたのが片瀬さんが家に招かれだしてから残業続きだけど、その分のお手当が上がったけど片瀬さんが海外勤務になってからはお手当が下がっちゃったの」

「痛し痒しか、でもまた健司が家に連れてくれば忙しくなるのね」

「多分それは無いと思う。だって会長は片瀬さんと希未子さんを一緒にするために海外勤務を切り上げようとしていたんですもの」

それが全部ご破算になったかと千鶴は向かい側に目線を投げた。

向かいでは健司と片瀬が話し込む。健司にすれば新婚旅行では片瀬には色々と面倒を掛けてしまった。それで帰国すれば一席設けて寛いで貰うつもりでいたが、親父がこんな余計な手配をしたもんだから。紀子さんにまで被害が及んでしまった。

「紀子さんは元気で良かったですね」

「お前を招くたんびに彼女の帰りが遅くなって居たからなあ」

「わたしの所為《せい》にするんですか、それと会長にも時々は自宅に呼ばれていましたからね、でも会長だと紀子さんもそのお世話で帰りが益々遅くなりましたね」

「おじいさんはあれでお前を随分と買ってたからなあ、ホテルの披露宴の席で気に入られたそうだなあ」

「学生時代はいろんなバイトを掛け持ちしてましたから、お客さんの気持ちは大体掴めましたから」

「それでおじいさんは、お前は商社マンに向いてると引き抜いたのか」

「各企業訪問が解禁になる前から会長は密かに接触されましたよ」

「花嫁候補まで用意するんだから、おじいさんも余程の惚れ込みようだが。これからは親父の時代だからどう転ぶか分からないから妹の件は案外重しが取れていいんじゃないのか、もっとも惚れていれば別だが、あれはお前には手を焼かせるぞ」

「そんなこと言っていいんですか、隣に聞こえますよ」

「その心配は無いよ、隣の鹿能とは随分と熱心に話し込んでいる。あれを元の鞘に収めるのは生易しいもんじゃないぞ、妹の性格を俺はよく知っているだけに」

「人生七転び八起き、最後にこちらへ転べばいいんでしょう」

「転んでもお前なら後が大変だぞ、それより気分転換にもう一度海外へ赴任する気は無いか、今回の呼び戻しは亡くなった会長の意向だった、そのつもりなら俺から親父に働きかけてやるが此処に居るよりその方が縁《より》が戻りやすいと思うが」

確かに希未子は向きになる方だから今の状態を考えると、距離と時間を空けた方が確率は上がるが、片瀬はそれは否定して、こうやって傍に居られるだけで良いらしい。

「バカだなあ、置き物じゃないんだぜ。俺みたいに妹にずっと傍に居られてみろ、そんな考えは直ぐに吹っ飛ぶだろう」

「それは相手によるでしょう」

「まあなあ、それが夫婦と言うもんかも知れん」

と変な処で納得する。

三十四

希未子さんから片瀬に付いての情報は、悲観的なものが多少あったが、実際に目にしてから、紀子さんの話を総合すると普通の人に見えてくる。まあ希未子さんは鹿能より片瀬との付き合いが長いから一概には言えない。

帰国した片瀬はしばらくは本社ビル勤務で仕事をしている。そこで本社ビル内が殺風景すぎるから各部署の仕切りに観葉植物を置きたいと、健司を通じて社長にオフィスフロアーの改善を直談判した。社長にはまだ会長の威光が取り憑いてるのか、新しい部署が決まるまで彼の意向に沿わせた。

そこで片瀬は改装に必要な物を求めて直接小野寺園芸店を訪れた。此処で彼を見知っているのは鹿能だけだ。真っ先に鹿能が応対すると、先ずは送迎会での話から入り、会長の葬儀での装飾に礼を言ってから、用件を伝えた。

なぜ社内の改装に当店をいの一番に決めたのか、会長の葬儀も参考にしたがそれ以上の魂胆がありそうな気がする。

依頼を受けるとさっそく小野寺社長と二人で片瀬の居るいろは商事会社へ視察に向かった。

五条通に面して六階建ての五階六階が本社で、四階以下は別の会社が入居していた。広いオフィスフロアーに通路を空けて各部署の区切りにしているが、パッと見れば雑然と並ぶ机の群れである。これでは殺風景で仕事がはかどらんから、各部署事に観葉植物を置いて区切らせたいらしい。多い方が良いがそれでは作った垣根で迷路のようになって仕舞うから間隔をあけて、その間には低い花壇で繋ぐ方法を採った。

これで座っていると相手が見えないが、立ち上がれば周囲が見えるように、観葉植物は胸の高さまでにする。この案で小野寺社長と鹿能は片瀬さんと細かいところを煮詰めた。

「なんでまた急に思い立ったのです」

冬の長い北欧では結構室内に植物を置いて気持ちを和《なご》めている。それでこの事務机しか無いフロアーの改装を片瀬は、先ずは帰国した最初の仕事にするらしい。

一通りの打ち合わせが終わり引き上げる鹿能を、片瀬は呼び止めて昼食に誘った。小野寺さんは、わしは先に帰るさかいゆっくりして行けと足止めされてしまった。

ヤレヤレこの男と一対一で食事に付き合うのはこれが初めてだ。第一のその魂胆がサッパリ分からない。希未子さんを巡る宣戦布告かもしれん、と身構えてみても、今日は大事な内のお客さんだ粗相《そそう》は許されない、失礼の無い対応が求められる。此処は腹をくくって同行するしかないか。

このビルから歩いて数分の所にちょっとした人を招くには丁度良いファミレスよりは小綺麗な店があった。此処は洋食でも中華が主なメインらしい。好みを聞かれたが、片瀬に合わすことにした。注文を終えてメニューを置くと、さっそく希未子さんの事を聞かれた。

彼女はかなり変わってきたと先ず言われたが、以前の彼女を知らない鹿能にはピンとこない。同じように海外に居た片瀬には、どうも鹿能と希未子が、短期間でどれほどの付き合いなのか分かりづらいようだ。

希未子さんはその辺りは片瀬にもともかく、周囲にも詳しく話していないようだ。

片瀬に会う事は電話では伝えたが、彼女の反応はイマイチだ。おそらく片瀬の行動を掴み切れていないから、希未子さんは暫く様子見に留まっている。だからこの食事に誘われた真意は鹿能も掴みきれないでいる。けして気まぐれで誘う訳がない、そこに何か意図があるがそれをどう見極めるかだ。

「海外勤務は言葉や習慣の違いに戸惑いながら仕事をするのは大変でしょう」

と持ち上げてみた。これにはいたって気に留めていない。そう言う思考回路らしい。

「ぶっつけ本番で向こうへ着けばそんなことを考えてる暇なんてありませんよ」

営業マンを志した以上は、場所は違えどもみんなそんな心積もりでなければ務まらないようだ。

「でもそれは亡くなられた会長さんの見立てで、本当は自分に向いてるのは他には考えなかったんですか」

まあ当たりさわりの無い話から入り込んで片瀬を誘った。そこから本質に迫ろうとするが、中々展開しないで、食事だけがはかどってゆく。これはまずい、いや、食事は美味いがそこで直接核心に迫る。

「片瀬さんはどうして内の花屋に、まあ会長の葬儀と言う実績だけで頼まれたんでしょうか」

「千鶴さんからも伺いましたよ。披露宴で洋装に着替えられたときのブーケがよく似合っていて、鹿能さんに頼んで凄く良かったと聞きましたよ」

そう来るか、上手く躱《かわ》して中々尻尾を出さないなあ。しゃあないこちらから核心を突くしかないか。

「会長が亡くなられて一時帰国された時に初めて片瀬さんにお会いした時を覚えているでしょう」

「覚えてますよ。希未子さんから紹介されて、あの時は落ち込んでしまって何も言えませんでしたから」

「そうですか、希未子さんは友人として紹介していたようですが」

「あの人は時と場所を十分に考えて行動する人ですから。あの場面で紹介すれば希未子さんにとっては相当に縁の深い人だと印象付けますよ」

ホウー、やっと本筋に入り出したが、しかし昼食は殆どが終わりかけている。これで時間切れになれば来た意味がないと焦り掛けた時に、食後の珈琲を勧められて、二つ返事で承諾した。そこであの時に言った言葉をまだ覚えているか訊ねると、どうも心臓をえぐられた気分になったらしい。しかし希未子さんの話だと、それも既に色褪せている（どんな心臓なんだ）と言われた。果たしてどうなんだろう。

「それで今はどうなんですか」

と片瀬の反応を見る為に彼の心の健康診断を試みた。

三十五

「私が見つけられなかった希未子さんの良さを鹿能さん、あなたは見つけ出したそうですね」

片瀬は酸味の利いた珈琲を一口味わってから続けた。

「それがなんで有るか、それは希未子さん自身が持って生まれて長い間に培われたものなんでしょう」

更に希未子は時々不思議な事を言う。あの器量で言われると取るに足らない事でも無視できないらしい。

馴れ初めは亡くなった波多野総一氏に、ホテルのロビーで孫娘を紹介されたのが切っ掛けだ。入社早々、あるホテルのロビーに行くと、彼女はご覧の通り人を食ったような面構えで、足を組んで座っていたんだ。そこへ会長が、お前に会わせたい人が居ると私を連れて会長から紹介して貰った。すると彼女は慌てる様子も無く静かに立ち上がって、希未子と名乗りおじさまから伺っていた片瀬井津治さんってあなたなの、と急に淑《しと》やかになり挨拶された。

俺は直ぐに会長の顔を窺うと、相手は俺のことを知った上で来ているのだと判った。だがこっちは彼女の事は何も知らなかった。

「孫娘は余程のことでないと滅多には人と会おうとしないが、どう言う訳が君の素性を話すとじゃあ会ってみると言い出してね。それで連れて来たんだよ」

そう言うなり後は君たち二人に任せたからわしはこれで失敬すると言って、サッサとホテルのロビーから引き上げてしまった。急に何の予定も無いままにその場に取り残されてしまったんだ。戸惑う俺を尻目に、彼女はエスコートするようにホテルのロビーを離れた。「それが彼女との最初の全く予期せぬ出会いだった」

「それで何処《どこ》へ行ったんですか」

「どうも彼女は会長から俺の嗜好を聞かされていたのか、映画館へ連れて行かされた」

「どんな映画ですか」

サスペンスもので、特にラストのどんでん返しが凄いミステリーな映画だった。流石に映画館の前まで行かされたときにはビックリした。感情の起伏に富んだ中にも淑やかさを秘めている感じの人ですから。エッこんな映画を見るのかと思ったら、片瀬さんの好みでしょうと言われて、ハアー、と我を忘れた。会長の好みに合わせて映画の話も随分とした。それで映画好きだと思われたようだが、あれは面白くて結構出会ったばかりの二人には話題に事欠かず愉しいデートだった。これには会長の早とちりもいいものだと機嫌を良くして、上々の出だしだったのが半年も持たずに彼女とは調子がズレてきてしまった。

「何がいけないんですか」

「どうも彼女の思い違いのようなんだ。それでちょっとした事を気にし出すと全てのものが気に入らなくなり、無理難題を押し付けて邪険に扱われた」

「その切っ掛けは何なのです」

ある日突然に起こったもんじゃない。それは少しずつひび割れが大きくなるように、気持ちの行き違いが起こり始めた。ひとつひとつの言葉に反応していた解釈が、彼女とは微妙に違ってくる。まあそういう見方もあるかと思える程度だから聞き流していた。しかし次のデートでは矢っ張り違うと確認できるほど、彼女の言い分がハッキリとした一つの行動に表れるようになった。それでも彼女に合わせていくうちに次第に控えめになり、気が付いたときにはもう修復不可能にまで彼女との心が開いてしまった。すると彼女は今まで曖昧に濁《にご》らせていたものを、ハッキリ主張するようになり、更に要件が満たされなければ会ってくれなくなった。要するに恋人から友人に格下げされた。その訳をこの前に一時帰国したときに彼女の口から告げられた。

「あの時ですか」

それがこの前に鹿能が指摘した。あなたには無くてわたしにはある、と言い切ったものらしい。あれは希未子さんが言わせたのだが……。

「そうあの時に」

己自身を切磋琢磨出来る人と、そうでない人を、希未子さんに見分けられた。その違いが表れる人が彼女に魅入られる。それが彼女の恋愛感情なんだ。

希未子が鹿能さんに有って俺にないものを見つけ出した。それは単なる外見、上辺じゃあない。もっと掘り下げたもので、言い換えれば彼女はあなたのような人を待っていたんだ。だけど彼女はじっとしていない。鹿能さん、あなたは今以上に磨かないと飽きられてしまいますよ。具体的に示すと、恋は一歩後退二歩前進というように、駆け引きなのに、彼女にはそんな兆《きざ》しは全くない。要するに思い込んだら引くことを知らないだけだ。だから怖いけど、ある日突然に気に障って身を引き出すともう戻らない。ズルズルと俺の時のように引いて、その恋に終止符が打たれる。俺の場合がそうだった。初めて会ってから俺の気持ちを釘付けにしたあとは、叩かれっぱなしだった。だが俺の全てを彼女が知り尽くしたと思った途端に、静かに音も無く彼女は遠ざかるように引いてゆくんだ。気が付けば足元にあった波打ち際は、遙か遠い手の届かない所まで引いていた。だからひとこと言っておく、希未子があなたの限界を知るまでは、彼女の気持ちは引くことを知らない処か、君の心を鷲づかみにしてくる。彼女の心を常に引き留めるには、日々精進して向上心を絶やさないようにしないといけない。

「向上心が途絶えたと思うその判断の基準は何なのですか」

「それを掴めば鹿能さん、あなたの恋は永遠に続くが、その見極めを見誤ると私と同じ二の舞いに成りますよ、同じ轍《てつ》を踏まないように忠告するために今日はあなたをお呼びした」

彼女を失いたくないのならあなたの思想信条が彼女の希望に打ち勝つように、少なくとも希未子の魅力がある間は常に努力を惜しまないようにする。それがあの人と長く寄り添えるあなたのたったひとつの道ですから。

「茨《いばら》の道」

「そう、荒野に足を踏み入れる覚悟を持たないと、あの人との愛は覚束ないでしょう」

片瀬は酸味の利いた珈琲を一気に飲み干した。

三十六

片瀬の依頼を受けた小野寺園芸店では、五条通の本社へ次々と観葉植物と花壇を運び込んだ。それを様々《さまざま》に工夫して本社ビルのオフィスフロアーを明るい職場に改装する。改装を終えた社内を見て、社長と息子の健司は片瀬を高評価し、そこで「どうだ此処で暫くは室長をやってみんか」と言われたが、片瀬は海外勤務を希望した。だが今の処は海外に空きポストがなかった。それでしばらくはこの改装した本社ビルを任された。

小野寺園芸店は本社ビルを改装すればそれで終わりでなく、当然観葉植物の手入れに本社ビルへ定期的に訪問するようになる。

そこで鹿能が手入れに来ると、一緒に昼食をして以来、片瀬とは雑談に応じて帰っている。健司さんとも顔を合わす機会が増えると、話題の大半は千鶴さんや希未子さんの様子伺いになる。その内容はみんな同じ様に口を揃えるが、妹の場合は差し障りのない話に終始した。もっとも鹿能にしてみれば希未子さんの性格は心得ているから、特に片瀬から色々と注意を受けても、今さら聞く耳を持たないように聞き流していた。

希未子さんにすれば鹿能の方が理想に近いと思っただけで、人は元々切磋琢磨して自分の人生を切り拓くのに変わりは無い。ただそれが自分の本当に望んだものか、内面から欲していたものなのか、それとも周囲から望まれて、好きではないがこれしか無いと妥協した産物なのか、その違いだろう。

律儀な片瀬は周囲に上手く取り込み、手懐《てなず》けるようにして商談を纏め上げてゆくから、その先行きの結果は判りきっている。一方鹿能は無から有への形のないものを形ある物にどうすれば出来るか。謂わば先行きのない、明日はどうなるか解らない世界に身を染めている。

片瀬と人生を生きる目的の違いは、求める対象物が人か作品の違いだ。片瀬はどう相手を説得するか、鹿能はそうでなくどういう形にするかだ。何もないものをあるいは素朴な素材を見た目よく人の心を引きつけるようにする。そこに希未子は鹿能に夢を感じても、片瀬の事業が偉大でも、先が知れたものにはロマンを感じない。この違いを考えれば片瀬の忠告は当てはまらない。勿論、切磋琢磨を怠れば悲惨な結果になるが、常にそれに立ち向かう向上心さえ失わなければ、たとえ結果が出ない日々がどれだけ続こうと、彼女との破滅は起こり得ない。本社ビルで片瀬と雑談を重ねる内に鹿能はそう解釈して確信を持った。

更に鹿能は観葉植物の手入れをしていると、通りかかった健司にも声を掛けられた。

「まあ、内の片瀬から相談されたときは突拍子もないことを言いよると思ったが、こうして出来てみると今までのオフィスフロアーが憩いの場に変身してみんなの働く意欲が倍増した。流石はあたしが見込んだだけの人でしょうと千鶴の奴が自慢しとる」

「それはありがたいですが、私一人でなくみんなで創意工夫したもんですから」

そう謙遜《けんそん》せずにと、健司はフロアー片隅の入り口横に、来客用に設置された応接セットへ案内した。

新たに出来た簡易の応接室は、一方の壁側でない方に、大きめの鉢植えで胸までの高さに揃えられた観葉植物が一定の間隔で置かれる。その間には腰辺りまでの花壇に低い丈の小さい観葉植物が矢張り等間隔に植えられていた。通りがてらに真横からでなく少し角度を変えて見ると、もう中の人物が特定しにくいようにこの応接室はなっている。だが遠くからでもちょっと背伸びすれば誰かが居るのは判るらしく、事務の女の子がお茶を出してくれた。それが花屋さんだと判ると、なーんだ、とちょっと損をしたような顔付きで彼女は引き下がった。

「今の子の顔を見ましたか。パーティションで囲めば味気ないし、通路で空けただけでは殺風景だけど、こうして観葉植物で区分けすると見た目も良いし、今みたいに誰が来ているか見分けにくくて、多少のプライバシーも守れるから社内の評判は上々ですよ」

どうも鹿能の植物関係を扱う感覚は、千鶴が言うように素晴らしいと気に入り、流石に妹が目を付けただけはあると兄は納得している。

「内の片瀬が、最近はあなたのことをよく口にしだしてね」

「そうですか、この仕事のプランを最初に頂いた時も片瀬さんからは希未子さんについてはじっくりと話を聞かせて貰ったんですが、他に何か伺っているんですか」

「勿論、今言われたとおり仕事の話でなく妹の事ですが。いや別にこれはあなたの気に障ることではないんですが……」

ただ言いたいのは、おそらく鹿能さんは、こうしようと思って今の自分を作ったのじゃなくて、日々何がしたいか解らないままやって来た。その結果の姿がここにあると私は、片瀬や千鶴の話から推測した。でも元来、鹿能さんは何もしないで、のほほーんと暮らしていたいのじゃないかと思われる要素が、あっちこっちの普段の姿から見られる。勿論それは妹も見ているでしょう。問題はこの先、そのどちらが鹿能さんの姿なのか。そのうちに見極められないようにしないと、あなたは妹に見捨てられると思う。

「似た話は片瀬さんからも伺いました」

「だから鹿能さんは意識しないで平常心で居れば大丈夫ですから、却って変に自分を創ろうとすれば墓穴を掘りますよ、これは希未子の兄としてひと言述べておきたかったんですよ」

どうも健司さんは、もう片瀬のような男を作りたくはないようなのだ。それは妹に直接言うより、目の前の鹿能に言う方が、この男なら一番効き目があると感じたようだ。

三十七

五条通に有る本社ビルがリニューアルしてからというものはよく千鶴さんが来る様になった。それ以前の会長が存命中は、殺風景過ぎて会長から招かれても、本社ビルだけは辞退していた。それがちょっと用事を見付けてはお邪魔する。健司の披露宴から本社の人にも顔が知れ渡っているから、嫁ぎ先の品位を落とさないようには心がけている。千鶴さんは小野寺園芸店に一度立ち寄ってから、鹿能が植木のメンテナンスに五条通の本社ビルに行ったのを確かめて来るから毎回会っている。

なぜ彼女が鹿能の勤務予定を確認して夫健司の会社を訪ねるのか。それはあの人は見果てぬ夢を唱《とな》えるドン・キホーテのように、巨人が立ちはだかる荒野に挑める人だと希未子さんが奇妙な事を言い出したからだ。それを確かめようと以前から思っている千鶴さんにすれば、定期的に手入れに来る鹿能とは偶然を装って会えるからだ。そこで千鶴さんは鹿能と会えば希未子さんから言われた訳の分からない話をして唖然とする鹿能を屋上に誘った。

改装したのは社内だけでなく、何もない屋上にも手を加えられた。此処の屋上も以前は何もなかったのに片瀬の提案と鹿能の努力でちょっと緑化されて、お昼休みにはお弁当を広げる従業員が増えて中々の評判らしい。六階から廊下に出る踊り場の様な所に屋上に出る階段が別にあった。休日夜間は鍵が掛かっているが、営業時間内は鍵は掛かっていない。

春めいて穏やかな陽射しを浴びて、目の前には東山が望まれる屋上で、二人は手摺りに寄り掛かっていた。

「ねえ、京都に来てあの峰の連なりを見て、東山三十六歩って言ってたけど随分遠いのねえっていう笑い話があったけど、あれは確か詩人の草野心平さんの奥さんだったかしら。三十六歩でなく東山三十六峰なんだけど草野さんはそのまま呆れて何も言えなかったようね。こんな大らかな奥さんを持ったら鹿能さんはどうするの」

千鶴さんに急に可怪《おか》しな質問された。

「そうですね、たまにならいいがこんな感じでいつも傍に居られると拍子抜けしてしまいそうだが、純粋無垢だと思えば腹も立たないだろう、言ってる本人は真面目なんだから僕はそんな人は好きだなあ」

「でも希未子さんは正反対な人よ、だからそんなもんで片付けられない事も有るわよ。

例えばもっと気が抜けないのはお米を洗ってと頼んだらその人はどうしたと思う。本当に洗剤を入れて洗い出したのよ。あたしはもう～卒倒しかけたわよ、まさか世の中にこんな人を純粋無垢では片付けられないわよね」

「いちから教えれば良いのか、しかし三歳児ならそれで良いけれど、大人ならどこまで教えればいいのかそれを見極めるのが大変だなあ」

「そんなの簡単よ。大人はずる賢いでしょう。だからほっとけば何が出来て何が出来ないのか、自ずと判るから間違いだけ教えれば良いんじゃないの」

なるほど三歳児にはそんな才能はないんだと、千鶴さんの的確な解説に感心した。だが問題は全く解決されてない。なぜ希未子さんが正反対なのだ。

「確かに刺々しい理論武装して相手に挑みかかれば自ずと純粋無垢は霧散するが、愚直な人にはその霧の晴れ間から希未子さんには神々しいばかりに見えるはずだ」

成る程、面白い喩えだと千鶴さんは頷くと、手摺りから離れて近くのベンチに座る。鹿能も慌てて隣へ座った。それは先日来から付き合いの有る二人の男から鹿能は良からぬ忠告をされていた。それで鹿能は知られざる希未子像を千鶴さんから聞き出す必要に迫られる。

先ずは東山三十六峰と米を洗剤で洗う女の話から、何を模索すれば良いのか訊ねる。

それは世間慣れしていない女性の比較で、希未子さんはどう見ても当てはまらないが似たような正反対の行動を取るらしい。

「そう言われると希未子さんにはそんな処を見受ける」

「希未子さんは、どうもあなたは掴み所が無い人だと言っているらしい。花に囲まれて何かに集中しているあなたと何をするでも無く窓辺で、或いは河原で、飽きもせず仏師が作って千年も変わらない表情をたたえるあなたが、どこで交差しているのか不思議で堪らないとあの人はあたしに溢しているのよ」

どうも希未子さんは物心が付いたときから、弟や兄と取っ組み合いの喧嘩をしていた。その反動かどうか判らないけれど、年頃になると物静かになり、男性に興味を惹かれるようになったらしい。高校時代はグランドの片隅でいつまでも独り物思いに耽るように座り込んでる男の子に凄く惹かれたそうだ。そしてそれは狂おしいぐらいだったけど、卒業まではまだ日があると思って声を掛ける勇気が出なかったらその子は転校してしまった。

「その時はもの凄く後悔したそうよ。だから鹿能さんに直ぐに近付いたのもその反動らしいわよ。どうやら希未子さんは鹿能さんと出会った日を、あの放課後の校庭の片隅で夕陽が沈むまで誰とも喋らずにグランドを見詰めていたあの男の子を連想したようなの」

狂乱の女が小雀と戯れていても、それを傍で黙って見守ってくれる。それが鹿能さんらしいところです。あの素晴らしい幼子の様な手の掛かる大人でも、黙って傍で見守れるなんて、家事をこなせず洗剤混じりのご飯しか炊けない。そんな人は危なっかしくてとても家庭など任せられない。そう思って他の人ならとうの昔に愛想尽かしてしまうのに、笑って手を携えて一緒に暮らそうとする。そこがなんて言うか、ただの人と凡人を超越して、ドン・キホーテを超える人なんだから、と彼女は思っているようだ。

三十八

鹿能はそれまで希未子さんの現在の姿を見てきたが、意外と身の回りに彼女の過去を知る人物がいる。他でもない五年ほど前に小野寺園芸店が垣根や庭の造園を考え、その庭師の腕を見込んで小野寺社長が目を付けた白井さんだ。

社長よりもひと回り以上も歳が上で、内の店では主に指導的立場に立ち、若い従業員に花以外にも植木の手入れや植生を教えている。その白井さんは波多野家には二十数年以上も庭の手入れをしていて家族をよく見知っていた。

それで希未子さんの兄弟喧嘩はよく聞かされていたが、子供時代はまさか兄や弟ばかりと喧嘩していた訳ではなかろうと鹿能は更に聞き出した。

白井さんによると希未子さんは中学、高校生になると流石に勉強やクラブ活動等で学友と付き合うと、昼間は余り顔を出す機会がめっきり減ったらしい。そこで小学生時代までの彼女ならよく知っていた。

あの三兄弟の中では会長と一番仲が良かったのは、上の健司さんでも下の剛君でもなく真ん中の希未子さんだった。休みの日などはあの縁側に座って庭を眺めるのが会長の日課で、あの木の枝は何とかならんかと相談を受けました。その時、傍に居たのはまだ幼いお嬢ちゃんの希未子さんが、どうしてあの枝が邪魔なのと聞いてくる。

「隣の木の若芽が邪魔されて枝が伸びあぐんでいるからだ」

「でもそれだけでどうしてあの枝を切らないといけないの」

と孫娘に言われたそうだ。

そうだなあ、と会長はただ気に入らないからだが。それをどうしてこの子に解らせるかで、会長はその説明で苦労している。そして庭木を切ろうとするあっしに待てと言って、この子に説明してからにしろと仰ったんですよ。

　会長の気分次第なのだから、そんなの説明のしようがない。そこで適当に言うと、どうしてと次々に突っ込まれてあっしは窮した。すると会長は笑って、じゃあ希未子はどうしたいんだと訊ねた。切らずにそのまま枝どうしで喧嘩させて、どうなるか結果を見るのが愉しみと仰った。結局そのままにしたら、勢いのある枝が伸びて、勢いのない方は伸びきらずに、別の枝を伸ばした。そのバランスが会長はえらく気に入って、それからは希未子さんの意見を聞き入れるようになってしまった。

　それで今回の片瀬さんの件では会長は無理押しを避けて、自然の成り行きに任せたのも、多分あの頃の希未子さんを想い浮かべてのことでしょう。この話は健司さんから千鶴さんを経て、片瀬さんの耳に届いたらしいですよ。

「ホウ、白井さんはそこまで知ってるの」

「この前ですけれど、久し振りにあの庭の手入れに呼ばれましてね。そこで高い枝の剪定はもう歳ですから無理だとお断りしたんですけれど、白井さんの手の届く範囲でと頼まれましてね。そこで新しいご新造様の千鶴さんから色々と訊かれて、あたしもお返しにお話しししたんですよ」

　そうか、白井さんはもう千鶴さんともそんな話をしていたのか。

「それで他に何か言ってませんか」

「あんたが聞きたいのは希未子お嬢さんだねえ、あの人は誰も寄せ付けない凜とした処がある」

「まるで荒野ですか」

「そう　誰も、選ばれた者しか近付けない」

「じゃあ選ばれた者は近づけるのか……」

「彼女に篩《ふる》い落とされなければですが」

「しがみついていれば良いのか？」

「滅相も無い、お嬢さんはそんな人は相手にしない。私は彼女が童《わらし》だった頃から知っている。だから何も自分を詐《いつわ》る必要はない。ただ事実のみを積み重ねれば良い」

「それだけでいいのか」

「でも、それがこの世で一番難しい事だと知ればさぞ辛いでしょう」

小野寺園芸店は通りに面した部屋だけは、賑やかに色とりどりの花が種類ごとに所狭しと収まり、他に温度管理されたガラス張りで低温のショーケースにも様々な花が並んでいる。華やかなのはこの部屋だけで、隣や裏に回れば花屋なのか倉庫なのか事務室を除けば見間違える部屋ばかりだ。

　この日はほとんどが出払って事務員を除けば、そこで白井さんと鹿能が花の手入れをしていた。鹿能の手がおろそかになれば白井さんに注意されながら話し合っている。

「どうして白井さんは彼女のそんな心の襞《ひだ》が解るの……」

「お嬢さんが兄弟喧嘩に終止符を打って、知性と教養という武器を磨き始めてからそういう我々には考えも及ばぬその二つの武器で、固めてゆく過程を庭木の手入れをしながら見ていたからね」

「それを見ていたのは白井さんだけなの」

「ああ、あの家の連中はそんなのに構ってられないからね、でもこちとらはご機嫌伺いの様に家族の一人一人をじっくりと観察出来て、しかも疑問があれば直接訊ねられるからね」

「でもみんな正直に答えているのかなあ」

「あっしは常に第三者で何を言っても差し障りがある訳じゃないから、色々と世間や家族間の不満などを言えばみんなスッキリするのかよく聞かされましたよ」

「それで白井さんは頭の中で整理分析した結果が、さっきの希未子さんを荒野の華に例えているのか」

「中々飲み込みが早い。流石はお嬢さんが目を付けただけの事は有る」

あんた以外の人に言っても両親はもちろん理解出来ないし、会長はそれほどではないが気には留める程度で。兄弟の目には、お嬢さんはそんな人でなく、勝手な奴だと遠巻きに眺めているだけだ。あの兄弟にはこれからの自分の人生だけでもう精一杯ですから、お嬢さんなんかに関わり合って居られない事情がある。このじじいはもう残り少ないから、悪あがきはやめて植木を相手に余生を送ると決めても、あんたにはこれから切り拓いて、此処で一番の華を咲かさないと、あの人は振り返ってくれませんよ、と思って言ったまでですよ。

三十九

千鶴さんはこの家に嫁いでから、紀子さんと一緒に台所に立って、秘伝の味を習得してゆく。

紀子さんは休日は出勤しないから、社長の奥さんが簡単な食事を用意するが、大抵は紀子さんの作り置きか外で食べるのが多かった。千鶴さんが来てからは、紀子さんの休日の食事は殆どが彼女の役割になった。まあまだ半年ばかりだから完璧ではないが、そこそこは家族の舌に合うようになったが、矢張り紀子さんにはまだ遠く及ばない。その様な関係でこの家の昼間は彼女らの方が遙かに長い。

食事の用意や買い物以外では希未子さんと一緒になるから、千鶴さんは紀子さんに次いで三番目に多い部類だろう。その希未子さんも昔と違って大きくなるに従って家族との接触が、自我の目覚めと共に少なくなる。そこで家族でない紀子さんやよく庭の手入れに来てくれた白井さんとは家族には言いにくい話が出来た。しかも紀子さんと白井さんとは同性と異性の関係からその方面の情報も別々に聞ける。

希未子さんには言いにくい事も、千鶴さんが来てからは間接的に祖母や両親、果ては兄に至るまで、希未子さんのことは千鶴さんを通じて入ってくる。これで鹿能が知らないのは全くの音信途絶で金沢に居る弟の剛だけになった。剛については希未子さんでなく兄の方が詳しくて、同じ兄弟でも関心が薄いのには千鶴さんも驚いている。

希未子さんの子供時代は、剛君は鬱憤晴らしの対象だったのだろうか。これにはいつもうじうじしているから、鍛えてやってると言われたそうだ。そういう処が希未子さんらしい。それで少しは世間に立ち向かえるように何とかしてあげたい、と思えるような人を相手に選ぶのかと納得している。でもそれがあの鹿能さんとどう繋がっているのか、この庭の手入れに来てくれて、縁側でひと休みする白井さんに千鶴さんは聞いてみた。

おじいさんは、鹿能か、と言ったきり差し出した湯呑みを持ったまま、庭を見てちょっと考えた。白井さんが見詰めるそれぞれの木から伸びきって絡み合う二つの枝に、千鶴さんも視線を合わせて訊ねた。

「どうしてあの枝は剪定しないんですか」

「あそこまで伸びるとどっちを切っていいか迷うんだよ」

「ベテランの白井さんでもそうなんですか。じゃあ絡み合う前にどうして切らなかったんですか。そのせいか枝が奇妙な伸び方になってますよ」

「御新造さんでもそう思いますかい」

「片方は常葉樹でもう一方は紅葉《もみじ》でしょう、どちらも随分と勝手な方へ枝を伸ばした所為《せい》かちょっと不思議な、今まで見た事もない枝っぷりになって、あれはあれで見飽きませんけれど秋になれば見事な入り込み具合になりませんか？　そうなると随分昔に考えた白井さんの手の入れようが伝わるようです」

白井は縁側に湯飲み茶わんを置くと眉を寄せて腕組みをした。

「あれはあっしが決めたんじゃないですよ」

「あらそうなの？　でもお義父様に聞けば、この庭は白井さん以外は手を付けてないそうですけれど……」

　そうだねぇ、と白井は頭を掻きながら苦笑いをして、枝を伸ばすようにしたのは希未子さんだと白状した。

「もう十なん年も成りますかねえ。あの頃から希未子お嬢さんはそんな突拍子もない事を言いなさる人なんですよ」

　そうなの、と千鶴さんは暫くあの可怪《おか》しな枝っぷりを眺めて、急に何かを想いだした。

「そういえばあたしの披露宴のお色直しの洋装に作ってもらったブーケにも何か通じるものを感じました、それで、あの二人どう思います」

「成る程、そこへ飛躍《ひやく》なすったか」

　と白井は今まで考え付かなかった二人の共通点に、今いち度腕組みをして取っ組んだ。

「そう言えば時空を超えて奇妙な処であの若い二人が重なるから不思議なもんですね」

　あの枝は昔おじいさんからは切るように言われました。するとその庭の縁側に目を輝かせて座る小さい小学生の女の子が反対した。しかしそれは少女の輝きではない。

時空を超えた不思議な大人の眼だった。そして重なり合おうとする、まだ届かぬ隣同士の木々の枝を見ながら「おじいちゃんの言いつけを守れなかったのね」とあっしに意地悪な微笑みを浮かべて言われました。

「あらッ、子供の頃の希未子さんて随分と悪戯《いたずら》っぽかったんですね」

「それで剛君が泣かされていましたからね。下手するとその頃のお兄ちゃんもですよ」

そう言いながらも、白井さんは希未子さんの肩を持っている。兄弟たちはそうされる謂われを持っているからだ。それをお嬢ちゃんは知らぬ間に矯正しているようだ。

「弱い身体《からだ》に忍び寄る邪気をあたしが払ってやらないと、あの男どもは大人になれば困るからだ。と小学生には及ばない言い草にあっしはたまげて見とれてました」

「幼い希未子さんは何から幼い兄弟を守ったのかしら？」

「あの時の希未子お嬢ちゃんは、ただ漠然としてこんな弱い子のまま大きくなってどうすんの、と日頃から小さい胸を痛めていたんでしょう。あっしが思うには弱いなりにも頭を使ってこざかしく生きるのを良しとしない気風を小さいながらも持ち合わせていたようですね」

「それは良いことでしょう」

「そんな女々しくてどうして美しく生きられると。どうも此の家に出入りする腹太りの会社の偉いさん連中を見上げている内に、いつも相手にしてくれる会長と比較して自然と身に付いたとあっしは思うんですよ」

「理想の美しさと現実の醜さを、その頃の希末子さんはまだ知らなかったんですね」

「今はその狭間で希末子お嬢さんは模索しているんじゃないんですか」

何をと千鶴さんは訊ねたが、白井さんは困惑しているようだ。

四十

白井さんが帰り、日だまりが残る縁側に差し出した湯飲み茶わんをお盆に載せて、長い廊下を台所へ向かう途中で希末子さんにばったり会った。どうやら希末子さんは、玄関で白井さんと少し立ち話をして、あの枝っぷりの評判を聞きつけてやって来た。

希末子さんは見るなり、矢っ張りパッとしないらしく、いい加減見飽きて、切ってもらおうと言い出した。どうしてと千鶴が聞くと、だってもうあれ以上は伸びる余地が無いからつまらないらしい。

「じゃあ誰に剪定して貰うの？」

それは鹿能さんに決めて貰うと言うから、あの人は庭師でなく花の飾り付けだから彼女の感覚に少し疑問を挟んだ。

「白井さんでなくどうして鹿能さんなの」

「あの人の資質を見極めたいから」

「資質？　鹿能さんは希未子さんの彼でしょう。まだ見分けられないんですか」

「今更変な事を聞かないでよ」

そう言われて千鶴さんは今一度、彼女の瞳を見詰めると、澄んでいるでしょうと言われて思わず頷いてしまった。

「あの人にもそれがあると思う、でも幾ら澄んでいても行動を起こさないと輝いてこないでしょう」

「それって希未子さんが輝かせてこそ鹿能さんも頑張れる。だって結婚って共同生活だとあたしは思っているけど、希未子さんは違うんですか、ただ見ているだけなんですか」

「そうか、それが大半の人の考え方なんだ」

「希未子さんは違うんですか」

「自分では違うとは思わない、だってどうするかは周りが言うのでなく、本人が決めなければ意味がないでしょう」

「そうか、それでさっきは白井さんから聞いたのですが、常人でも思いも付かぬ事を希未子さんから言われたって」

　千鶴は先程、白井さんから聞いた話をする。

「あのおじいちゃんがそんな風にあたしの事を言っていたの。でもみんなそうじゃないの。だから常人っていう言い方が可怪《おか》しい。それは周りに感化されやすく独自性が乏しいだけでしょう」

　——そんなものはみんな持っているが、ただ気付かないだけだ。でもそれに気付いて目覚めても達成できる人は一握りだけど。自分こそはその一握りだと錯覚を起こして這い回る破目《はめ》に陥れば、それこそ不幸のどん底でしょう。それなら何も知らずに人生を終えた方が生きた価値が有る。でも知った以上は当たり障りが無く持ちつ持たれつで人生を全うするより、お互いに欠点を指摘しつつ伸ばしていける人生を歩めるようにするものでしょう。

「それってお互いが切磋琢磨して傷が化膿しない程度に苛《さいな》め合うって、壮烈な人生だわね」

だからこの木に絡み合う枝を、どんな風に直すのか見てみたいと言って、鹿能さんを指名したようだ。

鹿能さんが来るまで、ダイニング兼リビングのキッチンで、紀子さんの料理を手伝っていると大きめの脚立を担いで鹿能がやって来た。

さっそく三人は庭に出て先程と同じ縁側に座った。先ず希未子が目の前の光景を見てあの二つの伸び過ぎて絡み合う枝の直しを指摘した。鹿能はどの様にするか希望を伺った。気に入るように直して良いか訊ねると、ブーケ以外のあなたの作品を見てみたいと希未子に言われた。

彼は二つの枝の境目に脚立を立てて登り出すと、植木ばさみを片手に格闘し始めた。特に希未子さんは縁側から見上げるだけで何も指示を出さない。これには千鶴さんもウ〜んと唸りたくなる。入り組んだ大木同士の枝葉を切り分けるのは、生け花じゃないんだ。矢張り時々は距離を空けて見直さないと、何処を切って良いか難しいと思って希未子は見ていた。

鹿能さんは時々は脚立から下りて見直すかと思えども、とうとうそのまま脚立から下りずに、手元の枝葉を全体を見ないで直感で切り落としている。これには大したもんだと感心せざるを得ないが、ただ切り分ければ良いと言うもんじゃあない。坊主頭に刈るのでなくかっこよく形を整えないと、切り落とせば良いだけなら不器用だけど内の健司だって出来る。でもそれをどう纏めるかは人それぞれの技量で、それは謂わば千差万別で、良し悪しは希未子さんの気心次第だと千鶴さんは思う。

「希未子さんは鹿能さんの何を今更、観るのです」

「千鶴さん、あたしはあなたのようにお見合いで相手を選びません」

「嘘おっしゃい。お見合いを否定するあなたは祖父の紹介した人と付き合ったくせに」

「出会いはどこにでもあります。あの場で祖父と一緒でなく、偶然片瀬さんお一人が通りかかればあたしは声を掛けたでしょう。でもその人とどれだけ長く付き合うかはあたしの勝手です」

「でも鹿能さんよりお付き合いは長かったでしょう」

「でも心が離れるのは鹿能さんより短いです。お付き合いが長かったのは祖父の顔を立てただけですから」

それを聞いて千鶴が笑うと、希未子は不機嫌になり、笑う理由を問うた。

「だってそうでしょう。希未子さんの言い方が余りにもぶっきらぼうなんですもの」

「でもあたしは、片瀬さんとはあなたよりも付き合いは長いですから、いいも悪いも知った上で言ってるんです」

「まあ片瀬さんは第一印象はずば抜けて良いですから、あたしでも食べかけの物もほったらかして追っかけたかも知れませんけれど、でもあの人の考え方は浅いんですね。モンマルトルでの似顔絵描きの一件で儚くも知ってしまいましたけれど、希未子さんはそんな事件に遭遇してませんからもう少し時間が掛かったんですね、それでも鹿能さんは未だに解らない人ね。外見で見当は付けられても、何を大切にされている人なのかあたしにはサッパリで不可解ですけれど、希未子さんはもう少し先まで読み取れたからお付き合いされているんですね」

「千鶴さんの言い分は当たってる。だから分からない部分はこうして付き合いを続けていれば、彼の語らないものは、彼の剪定の仕方でこうして読み取るんです」

「じゃあ、鹿能さんの持つ植木ばさみの行方《ゆくえ》と今は会話しているって訳ね」

やがて剪定を終えたらしく、鹿能がその植木ばさみを仕舞って脚立から下りてきた。

四十一

　畳まれた脚立を小脇に抱えてやって来ると、鹿能は脚立を無造作に脇に置いて縁側に座り込んだ。すると直ぐにひと仕事終えた鹿能の為に、千鶴さんが紀子さんを呼んでちょっと甘すぎるかしら、と虎屋の羊羹と緑茶を持ってこさせた。千鶴さんは立ち去る紀子さんも誘ったが、今日は夕食の手が抜けられないと引き下がった。

「白井さんでなく急に慣れない枝の剪定なんか頼まれて驚いたでしょう」

と緑茶と羊羹を勧めた。肝心の希未子さんは手入れの終わった枝を見ていて何も言わない。

「あの人はもう高い処の選定は無理ですから、でも指名が無ければ小野寺さんがやっていたでしょう」

　ともっぱら何も言わない希未子さんを横目で見ながら千鶴さんばかり喋っている。当の希未子さんは、鹿能が二つの枝を見事に分けてしまった辺りを、何かに取り憑かれたようにじっと眺めている。仕方なく彼女をそのままにして、千鶴と鹿能は緑茶を飲みながら羊羹を食べ始めた。

「多分ね、あの時に白井さんの手の届かない高い枝の剪定を『お前を指名してきたが大丈夫か』と小野寺さんに聞かれたけれど、ご指名ならしゃあないなあと言われました」

「あらそうなの、じゃあ矢っ張り希未子さん、鹿能さんを指名したのは正解ね」

「あれは希未子さんが電話したのですか」

「残念でした。電話をしたのは紀子さんでーす」

千鶴さんはまるでクイズに外れた回答者の様に喋られた。それで却って今までの仕事がゲーム感覚みたいに、安請け合いされれば堪らないからちょっとムッとした。

「これは秋になればグラデーションの様に染まる紅葉《もみじ》とあの常緑樹が溶け込んで、見ものだと思うでしょう」

と希未子さんがおもむろに口を開いた。それを聞いた千鶴さんも作業を終えた辺りに目を遣る。確かに絡まる枝は見事に払われているが、伸ばした小枝だけはその境目が判らないままに茂っている。しかしよく見ると二つの形の違う葉が微妙に濃淡を付けるように、かろうじて以前の二つの枝らしき境目を形作っている。

「そうね、よく見れば秋になると一方は赤く染まるけれどもう一方は緑のままだから、

希未子さんの言うようにこれは枝先が細かく切り分けられて赤と緑が天然色のグラデーションのように交わりそう
「なりそうでなく、間違いなくそうなりますッ」

と希未子は力強く言い切って、やっと緑茶と羊羹に手を付けた。

この枝葉による飾り付けは、千鶴さんに依って夕食時には家中の評判になった。

お義父さんはともかく、健司は特にこの話に耳どころか口まで突っ込む始末だ。

義祖母は「夕食時ぐらい静かに咀嚼するものですよ」と嗜《たしな》めながら「おじいさんがまだ居たら、さぞかしこの孫息子のていたらくを嘆かれたでしょうね」と奥の仏間に目をやった。

希未子さんは、そんな周囲の揉め事をさらりと流して、静かに食べている。それが千鶴さんには不可解らしい。この後、この人はどう出るのか判らないからだ。だってあの後、希未子さんは鹿能さんには何も言わずに、そのまま帰してしまったからだ。後で紀子さんがもっと労《ねぎら》ってあげるべきでしょう、と言われても、希未子さんは作り笑いを浮かべただけだった。

結局あたしと紀子さんとでお礼を言って、玄関までお見送りをした。これまた不思議なのは鹿能さんまでが、希未子さんとは余り語らずに帰ってしまったのだ。

夕食の話題は、今年の秋はそんな見事な紅葉が見られるのかに集中した。これはもっぱら内の健司が音頭を取っているから、つまらない出来栄えになれば困るのは鹿能さんだろ。そうなると内への出入りは難しくなる。そう考えるのは千鶴さんだけでなく、多分希未子さんもそうなのか、この話には余りにも乗ってこなかった。

もっぱら今日の話題は、丹波の親戚から届いた鹿肉のジビエだ。これを紀子さんは此の夕食によりを掛けて作っていた。二人の部外者は鹿能が来るまで手伝っていたが、それはさほど味には影響していない。何故なら紀子さんは、肝心の味付けでなく、材料の下ごしらえにと、野菜の皮むきと裁断しか遣らせてないからだ。肉とスープが絶妙らしく主人の総一郎が、これじゃあ暫くは食費を切り詰めて粗末な食べ物にならないか、と心配するほど高級ブランド肉に匹敵する味付けらしい。これには祖母から、そんなけち臭い事を言うもんじゃないと咎めて、実に柔らかくて食べやすいと褒めている。

隣の健司も舌鼓を打ちながら、紀子さんを賞賛している。千鶴さんが気になったのは、一人黙々と咀嚼する希未子さんだった。その彼女が、この夕食に招待すべきだったわね、とポツリと言うと。みんなは一時《いっとき》、箸を止めたほど気にしたようだ。庭の剪定現場にいなかった連中にすれば、既に陽は落ちて庭を観てもどう変わったのか、その違いがイマイチ解り難かった。それで白井さん程ではないだろう、と此の言葉の意味を深く察しきれなく、また話題は料理に戻った。丹波の親戚の話では春先より、冬を前にした晩秋が良いらしいから、今日のはそれだけ紀子さんの腕が良かったということで夕食は終わった。

希未子は鹿能に次の休日を電話で聞くと、その日に会いに彼の部屋へやって来た。彼女は一通り部屋を覗くと、いつもの通り代わり映えしないのね、と囁いてそのまま上がり込むかと思えば外へ出た。

「何処へ行くの？」

「散歩、だって天気はいいし、吹く風も心地よいんですもの」

そういってアパートの階段を下りた。彼は戸締まりと身支度をして後を追った。希未子は階段の下で佇んでいる。薄いカーディガンに膝丈のスカート姿が朝陽を浴びて、背景の東山から昇った陽の光が眩しかったが、彼女の髪を日差しが後光のように縁取っていた。

四十二

階段を下りて横に並ぶと、希未子は行き先も告げずにそのまま歩き出した。散歩ならそうなるかと鹿能も一緒に歩き出す。静かな住宅街を抜けて通りへ出た。

「いつもタクシーを利用する君が、今日は随分と歩くんだねぇ」

希未子は益々苛立つように早足になった。

「いったい何なの、あの我が家の男たちは、家を出てそのまま会社に行くからあの庭はまだじっくりと見てないのがあたしには残念なのよ解る？　誰もあなたの功績を観ようとしないのよ」

希未子は返事を待たずに喋り続ける。

「仕事が忙しくてそんなのにかまけていられない、と言いたいんでしょう。でも改装された本社はあれから仕事がはかどってるのよね。誰のお陰だと思ってるのかしら」

どうやら彼女は気丈に振る舞う姿を今まで認めてきたのは祖父で、その存在がなくなると希未子さんの立場は危ういらしい。こうなれば片瀬に頼るしかないかとまるで譫言《うわごと》のように言っている。何処までが本気なのか、こればかりはどう返事すれば良いか判断が付かない。とにかく今日、急に会いたいと知らせた真意はその辺りにありそうだ。なんせ天邪鬼《あまのじゃく》で、それで周囲の反応を見るのが彼女の日頃のやり方だ。それを今くみ取れるのは鹿能ぐらいだろう。

あの家では祖父の存在が大きく、その恩恵を受ける彼女は、出会った頃はもっと潑溂としていたが、今は何か物思いに耽るようだ。

「鹿能さん、あなたは祖父には一度も会っていないというより、あなたと最初に出会った日に祖父は倒れてその夜遅くに亡くなったんですから当然でしょうね」

祖父は一代で今の会社を興して、父に二代目を託してからあたしを気に掛ける様になった。そこであたしは祖父が今まで出来なかったことをやり出して判ったのは、祖父はあなたのような可能性を秘めた人に成りたかったようね。

「でもおじいさんが探し出したのは片瀬さんでしょう」

「そうだけれど、でも祖父が本当に遣りたかったのはあなたのような仕事です」

片瀬は会社の仕事を託せるだけの人で、あなたは祖父が子供の頃に中断した形ある物を補うのでなく、形ないものを創り出している。あなたが今、遣っていることを祖父はやっとあの歳で会社を父に任せてやり始めた。本当はもっと早く見切りを付けて子供の頃に抱いた夢をやりたかった。抱えた社員とその大勢の家族を路頭に迷わせる訳にはいかないと、息子の尻をもっと早く叩くべきだった。そこで目に付いた片瀬をどうしても婿養子にして後継者にと思ったが、これだけはあたしにしてやられたから、健司にはしっかり支えてくれる相手を見付けたのよね。

「じゃあ会長は不本意ながら、今まで我慢されたんですか」

「そう、不甲斐ない後継者の為に。それで片瀬さんをじっくりと育てたいようだった」

祖父は父の総一郎を厳しく後継者に育てたが、孫達は自由にさせた。でも片瀬さんを見付けた時はしまったと祖父は思ったそうだ。

「会長は志半ばで亡くなられて残念でしょうね」

「どうでしょう。あなたのような人を見付けられたのは祖父の執念がきっとあたしに取り憑いたのかも知れないわよ。だってあなたと巡り会えたその日に逝ってしまったのは、今になれば何か因縁めいたものがあったのでしょう。祖父がやっと社長を辞した時は、あのどら息子の所為《せい》で束縛されたとぼやいていたんですから」

「でも総一郎さんを育てのは会長でしょう」

「あたしや健司を観て干渉しすぎたと後悔してましたよ」

　――子供時代の祖父は、ドン底の生活をしていてもくじけなかったのは音楽が有ったからだ。親父は飲んだくれで金を一銭も家に入れないからしょっちゅう夫婦喧嘩して、とうとう母が愛想尽かして出て行った。中学生になり、祖父はバイトの掛け持ちをして夜間高校を出て、商いを始めて今日の財をなしたが、母が離婚した中学時代が一番苦しく、思い詰めた時に楽器店から流れ出す曲に奮い立ったそうだ。

「どんな曲です」

「後で知ったのですが、チャイコフスキーの悲愴だった。その時にクラシックを知らない祖父は音楽の素晴らしさを知ったが、ドン底生活の家庭を顧《かえり》みるとのめり込めず、もっぱら聴く方に回りいつか余裕が出来ればのめり込めたいと今は仕事に目一杯打ち込んだ」

「音楽が今の仕事へ奮い立たせたんですか」

「それこそ脇目も振らず。それでやっと救われた音楽で自分の人生を花開かせようと本当の荒野に向かう途中で亡くなったの」

「それじゃあ、後継者問題なんて考えてなかったんですね」

　祖父は本当はやりたいからやったんじゃない、助けたいからやったんだ。

「父は祖父の苦労の断片を少しは齧ってますが、あたしや健司は逆に祖父が果たせなかった夢の欠片《かけら》を拾ってもらえれば良いと、存分に遣らせようとした次第ですから」

「だから会長は片瀬さんのように苦労している人に関心が行くんですね」

「それで突き放せなくて困っていた」

「そこへ私がひょっこり現れたんですか」

「そう、多分あなたはおじいちゃん以外の人からは誰も理解されず鼻も引っ掛けてもらえないでしょうね」

「会わせる前に、その祖父が亡くなられて逆に奮い立ったって訳ですか」

「出会ってそう日にちも経たないのに、そんな都合良く解釈してあなたは楽天的な人ですね」

「でも千鶴さんが僕を買ってくれて、あの家では人々の風向きが変わったから今度は純粋に希未子さんが迷った。それであの枝の剪定で試したんですか」

「あれは祖父が思ったとおりに仕上げて貰ってあの世で満足しているでしょう」

それより希未子は、結果でなく過程をどこまで真剣に、自分を見詰めて闘っているか見たかったようだ。

四十三

　そこで希未子は立ち止まった。二人は大学構内を歩き続けていたのだ。疲れたと希未子が叫ぶように言った。

「だから最初に言っただろう、いつもタクシーに乗る君が歩くからだ」

　こんな処は配送の車しか通らないから近道しましょう、と大学構内を歩いた。ようやく車が頻繁に行き交う通りに出たのに、彼女は鴨川の急勾配になる土手を鹿能の手を借りて河川敷に下りた。

「此処を北へ上がるとクラシックのレコードを流している古い喫茶店があるの」

　彼女は河川敷を今出川通に向かって歩き出すと昔を想い出したようだ。

「此処はおじいちゃんと手を繋いでよく歩いた道なの」

　エッと一瞬思ったが、それは遠い昔の話だと知った。孫をあやす一回り若い会長の姿を思い起こした。この頃の会長は息子の総一郎の自立を促すために、わざと会社に出ない日々を増やしていた。その為か、おじいちゃんの持つ携帯がよく鳴っていた。

返事はああしろこうしろでなく、ああしたら、こうしたらいいのではないかとアドバイスばかりだった。

「今思えば、この頃から父と入れ替わる時期を模索していたみたいね」

「提案はするが事業が大きく下降しない限り口に出さなかったが、心の中ではハラハラドキドキさせられていたと思うでしょう。あたしはそんなおじいちゃんの側から手が離れると川縁まで行って遊んでいた。ふと電話を終えたおじいちゃんが慌てて駆け寄って抱き上げて、川縁から河川敷まで引き上げては何も無かった様に歩いた。どんなに危ない処に居ても決して怒られなかった。それが今のあたしの人格形成に深く影響したのじゃないかしら」

「つまり目の届く範囲で自由にさせていたんですか」

「兄の放浪癖も多分それの延長でしょう。でもその内に兄は自由の身から束縛されるように会社人間にされたけれど、女のあたしには関係ないと思っていたら片瀬さんに引き合わせられた。そうか、あたしもその中で踊らされていたのかと思ったけど全てはおじいちゃんの子供の頃の夢のためだったのよね」

「それはいつ知ったのですか」

「そうーね、今思うと父と兄で会社を固めて片瀬さんを連れてきた辺りかしら」

そこで薄ら笑いを浮かべると「弟の剛はもっと早く気付いて金沢へ引き籠もった」と笑う口元から、ずるいと溢している。

「じゃあ会長が亡くなったから帰ってくるかも知れませんね」

「世渡りが下手だから、もう留まる理由はないもんね」

そうかこの一家は会長の夢を喰って生きていたのか。それで希未子さんはその夢の欠片を育てられる人を探していたんだ。

大きな橋桁が見えてくる。そこから土手を上がり、今出川通に出た辺りに店があった。

古い大きなお寺の山門横に茂る大木に囲まれるようにその喫茶店はある。

何でもこの街では有名な喫茶店の一号店だそうだ。昔は京大生の溜まり場、サロンになっていたそうだ。

中は年季の入った調度品で固められ、きっちりと並べても学生や教授達が、勝手に席を替えるのか、奇妙な形に並んでいる。客は三割の入りだろうか、各テーブルごとに一人だけ座って、本やノートパソコンの画面を睨んでいた。その隙間にクラシックのピアノ協奏曲が流れていた。二人は端っこに有る古めかしいテーブル席に対座した。

亡くなる前まではおじいちゃんは此処にはよく来ていた。彼女は子供の頃までは祖父に連れられて、ここで特別注文のアイスクリームやパフェなどを食べていたそうだ。

「学生時代まではたまに此処で顔を合わせる事もあったけど、あたしは一人では来ないから別テーブルだったの」

「じゃあ会長とは目線だけで挨拶していたのか、向こうは寂しいでしょうね」

「そうでもないわよ。此処へは一人ノンビリするために来るんですから。それで此処のマスターがチャイコフスキーの悲愴を掛けてくれるのよ」

「そう言う関係ですか」

と思っていると、チャイコフスキーの悲愴が、今は会長の鎮魂歌のように静かに流れ出した。

「マスターはいるらしいけれど、どうやら曲だけ掛けて顔を見せないんですね」

「おじいちゃんは、昔お母さんと一度だけ此処で待ち合わして会ったらしいのよ」

社会人になって最初の給料をお母さんに渡そうとして「一丁前に生意気な事をするんじゃないよ」と言われて叩き返された。勢い余ってテーブルから給料袋が落ちてしまった。この時はおじいちゃんもムッとしたらしい。何もそこまでしなくてもと、落ちた給料袋を拾うためにかがみ込んで、ふと、テーブルの下からそっと見上げた。その時に、母がハンカチで目頭を押さえているのが目に入り暫く探す真似をして、ハンカチを膝の上に戻すのを待って立ち上がり、座り直したのをおじいちゃんはよく覚えていた。あれほど厳しい顔なのに見えない処で母は泣いていたそうだ。だからお母さんは息子のために気丈に振る舞っていたんだと。

「どうしてなんですか。素直にその時は気持ちを分かち合えば良いのに」

「あたしもそう思ったけど、本当の母の気持ちを大事にしたかったそうよ」

お母さんは泣きたいほど嬉しかった。それをそのまま表したならどんなに楽か分からない。でも情に流されると出世なんて覚束ない。最初が肝心と、一生懸命に働いた汗の結晶を突き返せば、何クソッと反感精神を奮い立たせられると決めて会いに来た。その気持ちをおじいちゃんは大事にしたかった。

「しかし会長はテーブルの下からハンカチで目頭に押さえるお母さんを観なければ。なんちゅう親やと恨みこそしても励みにはならなかったでしょうね」

と言われて希未子は使い込まれて年季の入ったテーブルを撫でていた。

四十四

「どうして会長のお母さんは、社会人として初めての評価である初月給をそんなに邪険に扱えば反感を買うのは当然でしょう」

「お給料を投げ返せば、母への反感より世間や社会に対する反骨精神に置き換える子だと賭けたのね」

「会長は、お母さんの真意を上手く見破ったから良いものを、下手すればお母さんを生涯根に持ちますよ」

「もし母を恨む子なら、我が身を恨めば済むことだと、お母さんは割り切られたようなのよ」

「まさにどん底に落とされても、世間の壁をよじ登って社会へ第一歩を踏みだす。その瞬間に今度は心をどん底に突き落とすに等しいことを遣られるお母さんは、紙一重の処で人情の使い分けが出来る人だったんですよ。だから自分は生涯恨まれても本人には善かれと思えば躊躇《ためら》う事なくしたようです」

甲斐性なしほど人には厚いが、薄ければ人は寄り付かない。曾祖母は此の紙一重に於ける人情には長《た》けていた。

「会ったんですか？」

「小さい頃に一度おじいちゃんに連れられてお会いしました。でもさっきの話からは想像も出来ないくらい穏やかなお顔立ちで優しく迎えてくれた。けれども何故《なぜ》かご本人が握られた丸いお握りを一つだけ頂いたの、それが甘かったのを憶えている」

「それは可笑しな塩梅ですね」

「多分ね、甘い物が飢えていた時代に育った人達には、往々にしてそういう味付けを滅多に来ない人に出すらしいの。それがあの当時の心のこもったおもてなし。こんな使い捨てのご時世になっても頭の何処《どこ》かにきっと残っているのね。飢えた時代の名残を知らない人から見れば滑稽なんでしょうけど」

と希未子はそういう時代を知らないと恐ろしい結果を生むようだ。この曲はそういう人類への警告の曲に聞こえたのでしょう。だからおじいちゃんは奮発して、あれよという間に今日の財を成した。その鍵を握っている母親に初めて会った。何処にでもいるひ孫を猫可愛がりする曾祖母をみて、希未子にはそんな風には見えなかったらしい。祖父が一代で財を成した源流の切っ掛けを作ったのは、この人なのかと今頃になってしみじみと想いだした。

「随分と振り返ってから、祖父がいつかあたしに伝えたかった貴重な一コマのつもりで会わせたのじゃあないかしら」

「会長のお母さんに会ったのはその一度切りなのか」

「多分、御利益がなくなると困ると思ったのかしら。それともお母さんが心を奮発させたのはあれが最初で最後だったのか。いつか遠い日に特別な感情を抱いて思い起こさせるように、後はベールに包んだのかも知れない」

「骨董品はその値打ちを保つために全てをさらけ出さない。つまり安売りはしないと言う事なのか」

「お母さんは生涯息子に斧を振るったのはその一度だけらしいの」

しょっちゅう振るえば効き目が無くなるどころか、祖父は反社会的行為に走ってしまう。大鉈を振るうと言う事は、そんな危険も孕んでいるが、受け止める土壌をしっかりと母親に作ってもらった結果だと、年老いてから母に会長は感謝を表した。

会長が仕事に目覚めた経緯《いきさつ》を知る店を出て、今日は近くのお寺で開かれている市を見に行くことにした。

喫茶店を出て寺の山門を潜ると、参道は言うに及ばず、境内にも所狭しと色んな店が立ち並んでいる。殆どが家で要らない物を並べているフリーマーケットが大半だが、古道具屋に古本屋も紛れ込んでいた。勿論自家製の飲み物や食べ物を出してる店もあった。物珍しい物ばかりで、これは何処まで歩いても見飽きなかった。

二人は奇妙な骨董品に出合うと、これはああだこうだと言い当てようとすると、店のおばさんから、他の客の邪魔だからとつまみ出されてしまった。二人は肩をすくめてまた歩き出した。

アンティークな猫脚をした椅子に出合った。希未子さんが何あれって指差すから

「中世のヨーロッパ、特に東欧諸国の深い森に囲まれて立つ城のような貴族の屋敷にありそうな物だ」と鹿能に言われて使えるのと訊ねられた。

「中世の貴族っていう奴はとかく実用的でなく、見てくれが良ければ使うもんだよ」

「珍しく変な処に博学が有るのね」

とからかい半分に言われてしまった。

「だからそのままでなく、ちょっと凝った物を欲しがるのかしら」

「食うに困らない連中は実用からはみ出した物に興味を抱いてくれるから、凝った高い生花の花飾りなども受けて、それを嗜《たしな》むことが貴族の仲間入りだと小金を貯めた商人や地主がこぞって買い求めるから余計人気が出る」

「そこで、あなたの感性の磨きどころっていう訳ね」

と変わった椅子と鹿能の腕前を比べている。

「あなたは中世の貴族どころか、その日の生活にも困る人にも花を作ってあげれる人でしょう」

「しかし貧しい人が凝った花飾りなんて……、そんな風に考えたことがなかったが……」

「じゃあ、これからそんな風に考えなさい。困窮した生活で荒《すさ》んだ人にも買えるように野に咲く花で凝った物を作ってあげなさい。そうして誰も踏み出さないところへ踏み出さないと直ぐに追いつかれますよ」

「そうか、それは困るなあ」

「考えが単純ね、でもそんなもんじゃ突拍子も無いものは出来ないでしょう」

「それこそ単純すぎる」

——物を作るということは、周りに散らばってる草花をもっと引き立てる為には何をどう組み合わせれば良いか、つまり素材の声なき声に五感を澄まして聴けば、周りに散らばる素材から選んで一つの形に調《ととの》えるのに、どれだけ脳細胞が破壊寸前の叫びをあげているか誰にも判らないでしょう。

「それが普段は誰にも見せない、あの眼光に凝縮されているのね」

とその時に集中するあの鋭い眼を指摘された。

四十五

花を愛でながら作品作りをする鹿能さんを千鶴さんは「いつもああいう顔をしていれば良いのに」と言っていたけれど、いつもそんな余計な神経など使いたくないのよ。本当に鹿能さんが振り返って欲しいのは、人でなく花なんだ。だからそんな余分な神経など持ち合わせていれば手抜きをするわよと言ってあげた。すると、そうか生きる目的が違うのか、と千鶴さんは残念がっていた。

俺はいつも真剣に花と取り組んで、手抜きなんて出来んと言えば「あなたは堅物なんだから真面目に取るもんじゃないでしょう」と希未子さんに嗤われた。

市の賑わいは、大勢の人がすれ違いざまに肩が触れあい、物見の人がいればそれを避けようと今度は肩処か全身を喘ぎながら行き過ぎる。そこでホッと一息ついて又は同じペースで歩くから、余程気に入る商品でなければ立ち止まれない。だから目に留まった視線の僅かな時間で品定めをすると、余り気になる品物がなかった。そうなると此処の人々たちの賑わいが逆に、ただの雑踏になり果てると、もう市の関心は薄れてしまった。

「そろそろ此処を出ましょう」

と希未子も同じように、此の人混みに気疲れしたようで鹿能も頷いた。

二人はもう脇目も振らずに山門迄掻き分けて進み、やっと通りに出られた。ハッキリした目的を持つと、此の市は何の止まり木にもならない、と表通りの空気を吸って感じた。

「ぱっとする物が無かったわね」

最初からそんな物は当てにしていない。ただ閉塞感を打破する気分作りに立ち寄った。気分が入れ替わればそれで良かった。

「おじいちゃんが目指していたものだけど、あの歳で感性を磨くとなるとかなり無理があるけれど、でも第一歩でスタート台に立てる悦びに意義があると張り切った矢先なだけに残念でしょうね」

「それほどまでに取り組んでいたのか」

「だからこそ矢張り遅咲きの花は見てくれが悪いのか、そう言う志を持った人を支援する方に回ったのよ。幸いにもそれだけの資金もあるから、今まで稼がせて貰ったものをお返しする意味で音楽ホールでも建てる計画を考えて場所を探していたらしいのよ」

「そうやって音楽家でも育てるつもりなんですか」

「先ずはとにかく、手始めに小さい子供達に交ざってピアノ教室に行き始めて、ネコ踏んじゃったを弾けたときは感動ものだったとかでホールも良いだろうと」

「それぐらいで」

「ひと月掛かって両手を使ってあのお歳で連番も可笑しいけど、二重奏を弾いたのよ」

「で、それから何をマスターしたの」

「ベートーベンの月光」

「それは凄い」

「最初の八小節を一年以上掛けて」

「それってさわりだけじゃないの。どうしてもっと簡単な曲で良いから一曲仕上げようと思わなかったの」

「どうせなら積み木みたいに各小節ごとに仕上げて、最後に組み立てるという壮大な計画が浮かぶと、これを弾くホールを建てて何十年掛かろうとクラシック曲を仕上げるつもりだったのよ」

「ホールを建てる用地は確保したんですか」

「目星は付けたけれど、用地買収は地元の不動産屋に頼んだの」

「何処まで進んでるんですか」

「三割程度らしいの」

「じゃあ残りはどうするんですか」

希未子は少し考えた。大きなホールは諦めて、今まで確保したその広さなら個展の展示会場として建てたいらしい。花でも絵画でも彫刻でも勿論少人数の、おじいちゃんが最初に弾いたネコ踏んじゃったぐらいの演奏のホールにも出来る多用途の会場にしたい。だけどその権利はおばあちゃんに移ってしまったから今は交渉中だ。そこでオープン記念としてあなたのフラワーデザインによる作品展を提案された。

「この話、乗ってくれる？」

「乗っても良いけど、その個展の展示会場はいつ出来るの？」

これは彼女の妄想の範囲で、実現可能か解らないだろうと高を括った。するとおばあちゃんは賛成するし、用地はあるから着手すれば今年の秋には出来そうと言われた。

これには鹿能は慌てた。

「半年しかない、どれほど作品を用意すればいいのだろう」

「最低でも五十点、会場のレイアウト次第ではもっと増やせるように余裕を持ちたいわね」

と言われて鹿能は、それでは今の仕事が手薄になり、下手すればその先には果てしない荒野が待っているのかと絶句した。

四十六

どうしても希未子は、鹿能を祖父が目指した荒野へ導こうとする。そこには曾祖母が息子総一に託したあの日の衝撃的出来事があの世まで尾を引き、それを総一の孫娘がしっかりと受け止めているのだろうか。曼殊院で希未子さんに会った時はまだ会長は元気にされていた。その直ぐ後の死で、彼女との途轍もない縁が結ばれた。それは偶然か必然かその結論が迫っているような気がして成らない。

こうした鹿能の深刻な不安をよそに、希未子は何かを暗示するように、また疲れて喉が渇いたと言い出した。さっきは喫茶店で気分転換を図ってまたかと思うと、今度は表のスタンド看板を見ないと判りにくい目立たない小さなスナックに「此処はおじいちゃんがよく行ってたお店なの」と言って入った。

中はこれまたさっきの喫茶店と争うように、アンティークらしい上質で重厚なテーブルと椅子があり、違いはカウンター席があった。勿論部屋はまだ陽が高くて誰もいない。奥のカウンターには五つの席と、そこ通じる両側にそれぞれ二つずつ、四つの小さなテーブル席が有った。

年配のバーテンダーがメニューを差し出した。飲み物を見るとジュース類に交じってお酒のメニューもある。喫茶店の雰囲気だけどスナックなんだ。そう思うと珍しく陽の高い内に彼女はメニューに載っていない洋酒のカクテルを頼んだから更に驚いた。そこに書かれた物は、鹿能には馴染みのないものばかりなのに、希未子は躊躇《ためら》わずにメニューに載ってないカクテルを頼んでいる。

「何を注文したんだ」

とメニューを持って引き上げるバーテンダーの後を追うように訊ねた。

「ネクストドリーム」

「何なの?　それって」

「若い二人なら恋でしょう。此処のバーテンダーは、祖父とは顔馴染みでおじいちゃんが夢を語るとそれに合わせて試行錯誤して作ってくれたオリジナルカクテルだから、夢を追う人だけが頼めるようにメニューにはまだ載せてないようね。ジンに甘酸っぱいピーチのロングカクテルなの。二つ頼んだ」

　好みも聞かずに頼むから鹿能は、エッ、と驚いてしまった。

「よく飲むの？」

　彼女はまさかという顔をした。

「おじいちゃんと一度だけ来た。それから二度目は、リビングで千鶴さんとヒソヒソ話をしている処へ仕事が終わって帰りがけの紀子さんに誘われたの」

「どうしてまた？」

「あの時は片瀬が帰国する前だった。何も起こらないように苦労しているのはあたしだけかしらと思って千鶴さんに、向こうでの片瀬の様子を窺っていると、紀子さんが落ち着けて静かに飲めるところがあると言われてツイ乗っちゃったの」

　注文した同じカクテルが運ばれて、ふたつ並んだコースターの上に置かれた。一緒に切り分けられて盛られたチーズが皿に載っている。洋酒は酒とは思えないほど飲みやすくチーズと共に胃に消えていった。

「それがこの店なのか、でもそうして気にするところは出会った頃の希未子さんらしくないなあ。どうして変わったんだろう」

変わってないわよ、と少し酒の所為《せい》か口が軽くなっている。

「守る物が出来れば、少しは臆病にも成っちゃうわよ」

と言ってから彼女は少し身を引いた。それで何を気にしたのか判ると、鹿能には自信が湧いた。

「おじいちゃんはね、昔このようなテーブルの下に落ちた給料袋を探す間に母の別な面を覗き見て、本当の気持ちに気付いたけれど、もし気付かなければ金の亡者になる確率は高かったでしょうね」

「でも、此処のテーブルは少し低くて小さくて狭い割には、しっかりして手の置く場所がない」

「そうね、だからさっきの店と比べて此処のテーブルは分厚いから中々見極められないわよ、そう思うと心の襞って、そう簡単に覗けるものじゃあないから、あのテーブルは値打ち有る代物ね」

そう言われれば、此処のテーブルは膝が支《つか》えて手の内が丸見えで、仕方なく希未子はそのままテーブルに手を置いた。

その手がじっとしていなくて、じれったそうに鹿能の気を惹くようにテーブルの上を這っている。鹿能がその手をじっと見詰めると、その手の感触が伝わってきた。すると鹿能も彼女と同じ仕草で、年季の入ったテーブルを指の腹で、愛《いと》おしむように這わせた。

希未子は自分の手の動きを追うと、そこに同じように動く鹿能の手と目線に、ハッとして気付くと、思わずその手を引っ込め、直ぐに顔を上げた。そこで彼女は少しはにかみながらも自分を追っていた視線と真面に合わせた。それに気付いた鹿能が今度は逸《そ》らさず希未子の視線を逆に捉えた。そこにはいつも仕事でしか見せない彼の真剣な眼差しが、花造り以外に向けられた瞬間だった。

希未子にしても、その顔はあの店で向き合っている花にしか向けられない。だから横顔でしか見ていない。今まで花に向けられていた貴方のその真剣な眼差しが、今初めて真面に希未子を捉えた。

「初めて真面に見た。あなたのその顔を……」

彼女は網に掛かった蝶のように、その瞳の中に飛び込んでいく。そこには一点の曇りも翳りも無い、初めて見せた無垢の彼女の姿がある。

「あなたなら見つけられる」

「何を？」

「おじいちゃんが目指した果てしない荒野を……」

と希未子は先ほど特別注文したカクテルを持つと「辛気くさい恋に」と言って意気揚々とカクテルグラスを高く掲げた。

完

著者プロフィール

佐々木 和樹（ささき かずき）

京都府生まれ、京都府育ちです。

子供の頃の落書きが高じて絵を描くようになり、カメラを手にして写真を撮るとそれを仕事にした。

恋をしてから小説を書き始めた。

辛気くさい恋はお好きですか

2025年3月15日　初版第1刷発行

著　者　佐々木 和樹
発行者　瓜谷 綱延
発行所　株式会社文芸社
〒160-0022　東京都新宿区新宿1－10－1
電話　03-5369-3060（代表）
03-5369-2299（販売）

印　刷　株式会社文芸社
製本所　株式会社MOTOMURA

ISBN978-4-286-26299-4